JÉRÔME LEROY, geboren 1964 in Rouen, ist Autor, Literaturkritiker und Herausgeber. Er hat zahlreiche Kriminalromane veröffentlicht, die mehrfach ausgezeichnet wurden. Auf Deutsch erschienen *Der Block* (2017), *Die Verdunkelten* (2018) und *Der Schutzengel* (2020), alle bei Edition Nautilus. Jérôme Leroy lebt in Lille.

MAX ANNAS, geboren 1963, lebt als Schriftsteller in Berlin. Er hat vor 2014 etwa ein Dutzend dokumentarischer Bücher veröffentlicht und seither sieben Romane, die in Südafrika, der DDR, der BRD, dem sogenannt wiedervereinigten Deutschland und in einem Deutschland der Zukunft spielen. Er wurde mehrfach mit dem Deutschen Krimipreis ausgezeichnet. Zuletzt erschien *Der Hochsitz* (Rowohlt 2021).

CORNELIA WEND, geboren 1965 in Detmold, studierte Französisch und Germanistik in Hannover, Hamburg und Rouen. Seit 1994 arbeitet sie als freie Übersetzerin, u. a. von Elisabeth Filhol, Patrick Pécherot, Paul Colize, Chloé Mehdi und natürlich Jérôme Leroy.

JÉRÔME LEROY
MAX ANNAS

TERMINUS LEIPZIG

KRIMINALROMAN

FRANZÖSISCHE KAPITEL INS
DEUTSCHE ÜBERTRAGEN VON
CORNELIA WEND

EDITION NAUTILUS

Dieses Projekt entstand auf Initiative des internationalen Festivals Quais du Polar im Rahmen einer Zusammenarbeit mit dem Institut Français Leipzig und den Verlagen Points und Edition Nautilus. Es wurde unterstützt vom Institut Français, der Stadt Lyon und dem Deutsch-Französischen Bürgerfonds.

Edition Nautilus GmbH

Schützenstraße 49 a

D - 22761 Hamburg

www.edition-nautilus.de

Alle Rechte vorbehalten

© Edition Nautilus 2022

Deutschsprachige Originalveröffentlichung

Erstausgabe März 2022

Umschlaggestaltung:

Maja Bechert

www.majabechert.de

Satz: Jorghi Poll

Autorenporträts auf S. 2:

© Pascal Ito für Jérôme Leroy

© privat für Max Annas

Druck & Bindung:

CPI – Clausen & Bosse, Leck

1. Auflage

ISBN: 978-3-96054-282-7

EDITORISCHE NOTIZ

Der Roman *Terminus Leipzig* ist das Ergebnis einer Kooperation zwischen zwei Autoren aus zwei Ländern, Max Annas aus Deutschland (auf Französisch bei Belfond veröffentlicht) und Jérôme Leroy aus Frankreich (auf Deutsch bei Edition Nautilus), nach einer Idee des Festivals Quais du Polar und des französischen Verlags Points. Ein ganz neues gemeinschaftliches Schreibprojekt, ein Krimi mit zwei Hauptfiguren, einer französischen und einer deutschen, die zwischen den Zeilen auch die kulturellen Unterschiede beider Länder thematisieren, für ein besseres gegenseitiges Verständnis. Zwei Meister des politischen Noir schreiben in einer Art »Cadavre-exquis«-Spiel gemeinsam einen Roman, immer abwechselnd jeder ein Kapitel. *Terminus Leipzig* erscheint unter demselben Titel gleichzeitig bei Points in Frankreich.

Unser Dank gilt Hélène Fischbach und Cécile Dumas von Quais du Polar, Natalie Beunat von Points und allen Beteiligten, vor allem aber den Autoren und den Übersetzerinnen Mathilde Julia Sobottke und Cornelia Wend.

In Erinnerung
an Marianne Annas (1932-2021) und
Lucia Siemienski (1939-2021)

ERSTES KAPITEL

Innerhalb einer Woche bekam Christine Steiner, Commissaire bei der Antiterroreinheit DGSI, drei Kugeln aus einer AK47 mitten in die Brust und erfuhr vom Selbstmord ihrer Mutter.

Das geschah im Februar, dem kürzesten und fiesesten Monat. Zwischen beiden Ereignissen gab es keinen Zusammenhang, aber im Nachhinein kam Christine Steiner nicht umhin, eine Verbindung zwischen beiden zu sehen. Welche das war, fand sie nie heraus, höchstens, dass es im Leben Zufälle gibt, die nichts beweisen, außer die Absurdität des Daseins.

***

Die drei Kugeln aus der AK47 wurden an einem Montag im Morgengrauen abgefeuert. Einem blau- und rosafarbenen, eisigen Morgengrauen in der Picardie, nicht weit von der Somme-Bucht. Es lag eine salzige Note in der Luft.

Commissaire Steiner hatte am Sonntagnachmittag kurzfristig die drei Kollegen zusammengerufen, auf die sie in der DGSI immer zählen konnte, zwei Männer und eine Frau. Sie waren jung, ehrgeizig, treu, immer verfügbar und bereit, sich über Gesetze hinwegzusetzen: die Lieutenants Lucien Cazal und Fadila Amrani und Major Dominique Forma. Sie brachten Christine eine Art von Bewunderung entgegen, die wohl mit ihrem Alter zu tun haben musste. Sie war 51, bald 52 Jahre alt. Sie hatte sich nie dazu berufen gefühlt, für andere die Mutter oder den Guru zu spielen. Sie fühlte sich alt, einsam, von einer latenten Verzweiflung erfüllt, die sie seit Jahren mit einem Übermaß von Beruhigungsmitteln bekämpfte, gegen ihre Panikattacken, und mit Kokain, um einen klaren Kopf zu behalten.

Das Treffen fand bei ihr zu Hause statt, in einer Drei-Zimmer-Wohnung im 14. Arrondissement, die eingerichtet war wie die Suite eines Luxushotels und genauso unpersönlich, am Couchtisch im Wohnzimmer. Sie hatte für Cazal und Forma Kaffee gekocht und für Amrani Pfefferminztee.

»Ich weiß, wo Boulinier ist«, sagte Christine Steiner. »Er ist gestern Abend in einem Bauernhof in der Nähe von Routhiauville eingetroffen, in der Somme-Bucht. Der Bauernhof ist, um genau zu sein, ein Ferienhaus, das ihm ein reicher Freund zur Verfügung gestellt hat. Besagter Freund hat es vorgezogen, ihn an mich zu verpfeifen. Boulinier wird offenbar lästig. Schließlich muss einer, der die Überlegenheit der weißen Rasse predigt, auf seinen guten Ruf achten.«

»Und wie heißt dieser reiche Freund, Commissaire?«, fragte Lieutenant Cazal, ein kleiner, muskulöser Dunkelhaariger mit wachem Blick.

»Meine Quellen behalte ich lieber für mich, wenn du erlaubst, Cazal. Das ist Teil des Deals. Er darf weiter seine ultrarechte Bewegung finanzieren, ich gebe seinen Namen nicht an die Presse, und im Gegenzug überlässt er mir Boulinier.«

Boulinier wurde seit vierzehn Tagen gesucht. Der ehemalige Fremdenlegionär führte die *Action Europe Blanche* an, eine ultrarechte Prepper-Gruppe, die Anschläge auf Moscheen und Wohnheime von Arbeitsmigranten in Südfrankreich verübt hatte. Wie durch ein Wunder gab es dabei keine Toten. Das Verrückte daran war, dass einige

Medien es fertigbrachten, diese Attentate zu relativieren, indem sie auf die viel größere islamistische Gefahr hinwiesen. Sie riefen die Soldaten in Erinnerung, die dabei ihr Leben gelassen hatten. Die rechtsextremen Parteien waren kurz davor, die Angriffe zu entschuldigen. Schließlich gab es dann doch noch eine Razzia der Antiterroreinheit. Man überraschte die Mitglieder der *Action Europe Blanche* am frühen Morgen bei sich zu Hause. Da schlummerten die braven Familienväter noch friedlich. Sie wurden alle geschnappt, bis auf Boulinier, dem die Flucht gelang.

»Seid ihr grundsätzlich einverstanden?«, fragte Christine Steiner. »Wir überschreiten damit allerdings unsere Kompetenzen, nur, dass ihr das wisst ...«

»Das wäre ja nicht das erste Mal«, antwortete Dominique Forma, dem seine Brille mit den kleinen runden Gläsern und sein sorgsam gestutzter Dreitagebart eine gewisse Nonchalance verliehen.

»Wir könnten diesen Mistkerl doch auch einfach abknallen ...«, murmelte Fadila Amrani, eine hochgewachsene Kabylin mit hellen Augen. »Seit Monaten verbreitet er Hassbotschaften in den sozialen Netzwerken, ruft zu fremdenfeindlichen Ausschreitungen und zum Rassenkrieg auf. Schnappen wir ihn lebend, dürfen wir dabei zusehen, wie er sich anschließend auf allen Kanälen wichtigmacht, und die Faschos jeglicher Couleur ihn mehr oder minder offen unterstützen. Davon habe ich echt die Schnauze voll. Ich möchte, dass zur Abwechslung mal die anderen Angst haben, und sei es nur für meine Familie ...«

Es trat Stille ein in Christine Steiners Wohnzimmer.

In der Ferne hörte man die Sirene eines Krankenwagens. Christine Steiner hätte antworten können, die Polizei sei keine Todesschwadron, denn wenn man sich so verhalte wie die Gegenseite, sinke man damit auf deren Niveau. Doch sie glaubte selbst nicht mehr daran.

»Fadila, dazu kann ich dir nur sagen, dass wir kein Risiko eingehen werden, falls Boulinier bewaffnet ist, und davon ist auszugehen.«

***

Um fünf Uhr morgens am Montag also hielt der schwarze SUV mit ihren drei Kollegen vor Commissaire Steiners Haus. Als sie ihn durchs Fenster sah, prüfte sie ein letztes Mal, ob ihre Sig Sauer vollständig geladen war, steckte sie in das Gürtelholster unter dem streng geschnittenen Blazer ihres schwarzen Hosenanzugs, und zog sich mit Hilfe ihrer Kreditkarte eine Linie Koks auf dem Küchentisch.

Eine Eiseskälte breitete sich in ihren Nebenhöhlen aus, und sie wurde schlagartig von diesem Gefühl von Stärke und Optimismus erfüllt, das sie so liebte. Es war sogar das Einzige, das sie an diesem Beruf noch liebte.

Fadila Amrani, die bei sämtlichen Fahrtests der Polizei immer als Beste abschnitt, saß am Steuer. Um diese Uhrzeit war der normalerweise irrsinnige Pariser Verkehr flüssig, und sie waren schnell auf der A16.

Fadila Amrani schenkte den Tafeln mit den Warnhinweisen in Leuchtschrift, die Glatteis ankündigten, keine weitere Beachtung. Mit traumwandlerischer Sicherheit wich sie diesen Stellen aus. Steiner schickte währenddessen Cazal und Forma, die auf der Rückbank saßen, den Grundriss des Bauernhofs, in dem Boulinier sich gerade befand, auf ihre Handys.

Endlich kam der SUV in Routhiauville in der Nähe des Kriegerdenkmals zum Stehen. Der Hof war keine fünfhundert Meter entfernt. Christine Steiner und ihre drei Begleiter holten ihre Ausrüstung aus dem Kofferraum. Sie zogen ihre schusssicheren Westen an, nahmen ihre kompakten Sturmgewehre des Typs HK53 an sich, und befestigten ein paar Blendgranaten an ihren Gürteln. Zu guter Letzt warf Fadila Amrani ihre langen Haare nach hinten und band sie mit einem Haargummi in Polly-Pocket-Rosa zusammen, eine Reminiszenz an ihre Mädchenzeit, die noch nicht allzu lange zurücklag.

Christine Steiner wusste, dass es falsch war, aber sie liebte dieses im Angesicht der Gefahr besonders intensive Gefühl, Teil einer Schicksalsgemeinschaft zu sein. Wenn ihr verpfuschtes Leben einen Sinn hatte, dann wegen dieser Momente, in denen das Adrenalin es mit jeder Droge aufnehmen konnte.

Der Hof bestand aus zwei rechtwinklig zueinander angeordneten Bauernhäusern aus Backstein.

Fadila Amrani und Dominique Forma kamen von hinten, Christine Steiner und Lucien Cazal von vorne.

Niemand konnte ahnen, dass Boulinier gerne draußen pinkeln ging.

Das wäre an sich kein Problem gewesen, doch ging er gerne mit seiner umgehängten AK47 draußen pinkeln. Er trat hinter einem Busch hervor und knöpfte sich den Hosenschlitz zu. Er sah Christine und Cazal, bevor Christine und Cazal ihn sahen.

Die erste Salve der AK47 schoss Cazal den Kopf weg. Die zweite traf mit der instinktiv abgegebenen Salve aus Christine Steiners Sturmgewehr zusammen. Zum Trost konnte sie noch sehen, wie Boulinier zusammenbrach, während zeitgleich drei Kugeln in ihre Weste einschlugen.

Die Wucht schleuderte sie rückwärts zu Boden. Sie hatte das Gefühl, ihre Brust würde von einem tonnenschweren Gewicht niedergedrückt, es war kaum zu ertragen. Sie versuchte sich aufzurichten, erkannte in einem roten Nebel schemenhaft Fadila Amrani und Dominique Forma, die auf sie zuliefen. Forma blieb bei Boulinier stehen, während Amrani sich neben ihr niederkniete.

»Das wird schon wieder, Commissaire Steiner, das wird schon wieder ...«

Dann wurde alles schwarz.

***

Christine verließ das Krankenhaus Georges Pompidou am Mittwoch am späten Vormittag, nachdem man sie achtundvierzig Stunden zur Beobachtung dabehalten hatte. Man gab ihr ein Rezept für ein Schmerzmittel mit. Sie verzichtete darauf, der jungen diensthabenden Ärztin zu erklären, dass sie zu Hause einen ganzen Schrank voll Kodein hatte.

Niemand hatte sie besucht.

Weder Familie noch Freunde, denn sie hatte weder das eine noch das andere. Ihre letzte Liebesbeziehung lag auch mindestens drei Jahre zurück, falls man eine mehr oder minder befriedigende schnelle Nummer mit einer Zufallsbekanntschaft Liebe nennen wollte. Sie beklagte sich nicht darüber, sie stellte es nur fest. Auf gewisse Art kam ihr das entgegen. Schon möglich, dass das in ein paar Jahren anders sein würde, aber für den Notfall hätte sie eine einfache Lösung parat, schließlich trug sie ihre Dienstwaffe immer bei sich.

Komisch war, dass keiner ihrer Kollegen gekommen war. Klar, Amrani und Forma hatten wahrscheinlich ein Disziplinarverfahren am Hals oder waren sogar vorübergehend suspendiert, und der arme Cazal ruhte im Leichenschauhaus. Die anderen ließen sich aber sicher aus einem anderen Grund nicht blicken: Sie musste quasi als radioaktiv verstrahlt gelten. Bei der DGSI, ja sogar im Innenministerium an der Place Beauvau, dürfte es ein Riesendonnerwetter gegeben haben. Im Einsatz bewiesen die Mitglieder der Antiterroreinheit schon ab und an mal Mut, im Büro benahmen sie sich jedoch wie typische Beamte. Machten ein Kollege oder eine Kollegin eine Dummheit, ging man lieber in Deckung.

Christine ging auf ihrem Handy die diversen Nachrichtenportale durch. Die Schießerei auf dem Hof bei Routhiauville beherrschte zwar die Schlagzeilen, aber ihr Name wurde nicht genannt. Man erwähnte nur, dass ein sechsundzwanzigjähriger Polizist bei der Spezialoperation ums Leben gekommen war, und Boulinier, nachdem er das Feuer eröffnet hatte, getötet worden war. Das entsprach den Tatsachen. Auf dem Bauernhof selbst hatte man weitere Waffen und Munition sowie den Grundriss eines Erstaufnahmelagers für Asylsuchende in der Nähe von Lille gefunden. Ob das stimmte oder frei erfunden war, um diese in jeder Hinsicht illegale Operation zu rechtfertigen, konnte Christine nicht beurteilen.

Kaum hatte sie das Krankenhaus verlassen, erhielt sie eine SMS: »Komm Punkt 14 Uhr in mein Büro.«

Ein Absender erübrigte sich.

Es war die Nummer des Großen Chefs.

***

Und nun stand ihr der Große Chef in seinem weitläufigen Büro in der Avenue de Villiers in Levallois-Perret gegenüber. Sie hatte gerade noch genug Zeit gehabt, nach Hause zu fahren, das riesige Hämatom, das ihre Brüste grün und blau färbte, zu inspizieren, etwas Kodein zu nehmen, und nach kurzem Zögern eine Linie Koks, um den abstumpfenden Effekt der Schmerzmittel auszugleichen. Umgezogen hatte sie sich auch.

»Setz dich.«

Sie waren im gleichen Alter, hatten beide an der Polizeihochschule in Saint-Cyr-au-Mont-d'Or studiert. Im letzten Jahrhundert waren sie sogar mal ein Liebespaar gewesen. Christine fragte sich, wie er sie jetzt wohl sah: Eine Frau um die fünfzig, die ziemlich ausgemergelt wirkte, ihre Haare zum Knoten gebunden hatte und einen streng wirkenden Hosenanzug trug.

»Du gehst mir auf die Nerven, Christine. Du gehst mir verdammt auf die Nerven. Du hast jeglichen Sinn für das rechte Maß verloren, und scherst dich nicht um Hierarchien. Stattdessen hast du dir deine kleine, persönliche Zelle aufgebaut und führst deinen eigenen Krieg. Das ist nicht hinnehmbar. Einer deiner Schützlinge musste dabei dran glauben. Nur damit du es weißt, ich habe die beiden anderen aufgefordert, einen Antrag auf Versetzung zu stellen.«

»Ich ...«

»Halt die Klappe. Du bist eine gute Polizistin, aber total neben der Spur. Ich kenne dich. Es geht dir nicht gut. Du siehst aus wie ein Skelett. Du warst seit zwei Jahren nicht mehr bei der Polizeipsychologin und leitest weiter Einsätze. Es ist mir scheißegal, ob nur das Adrenalin dich pusht oder etwas anderes. Dein Job ist, Dinge zu koordinieren, und nicht an der Somme bei irgendwelchen Aushilfsnazis den Cowboy zu spielen. Also, hör zu. Du nimmst dir die nächsten sechs Wochen Urlaub, und währenddessen überlege ich, was ich in Zukunft mit dir anfangen werde. Und damit fährst du noch sehr gut, Commissaire, du ...«

Christines Smartphone vibrierte in der Tasche ihres Blazers. Automatisch zog sie es hervor und las die SMS. Der Große Chef wollte angesichts dieser Ungeniertheit gerade losbrüllen, als er sah, wie Christine in Tränen ausbrach.

»Um Gottes willen, was ist denn los?«

»Meine Mutter ... meine Mutter hat sich das Leben genommen.«

***

Es war Anfang April, eine für die Jahreszeit ungewöhnliche Wärme hielt sich in Frankreich und Europa, und wie jedes Jahr wurden die von Météo France aufgezeichneten bisherigen Temperatur-Rekorde für diesen Monat erneut übertroffen.

Christine Steiner saß in einem Wagen erster Klasse im TGV Paris–Lyon und fragte sich, was sie da eigentlich zu suchen hatte. In einer knappen Stunde würde sie in der Hauptstadt der Gallier sein. Sie kannte Lyon nicht besonders gut. Sie war seit Beendigung ihrer Ausbildung an der Polizeihochschule in Saint-Cyr-au-Mont-d'Or nicht mehr dort gewesen. Sie wollte auf andere Gedanken kommen und das Festival *Quais du Polar* besuchen, ein Krimifestival, zu dem Autoren und Autorinnen aus der ganzen Welt kamen.

Es war das erste Mal seit der Boulinier-Affäre, dem Selbstmord ihrer Mutter Petra und ihrem Zwangsurlaub, dass sie eine Reise unternahm. Abgesehen vom Großen Chef wusste niemand davon. Er rief sie alle zwei Tage an, um zu hören, wie es ihr ging. Schon erstaunlich. Er schien sich ernsthaft um sie zu sorgen. Wegen ihrer früheren Liebesbeziehung? Oder weil er Angst hatte, eine exzellente Mitarbeiterin zu verlieren? Vermutlich von beidem ein bisschen.

»Das ist eine ausgezeichnete Idee, Christine, das *Quais du Polar*. So kommst du mal unter Leute. Genau das empfiehlt dir doch deine Psychologin, oder?«

Als wüsste sie nicht, dass die Polizeipsychologin ihn nach jedem Gespräch über ihren Zustand informierte. Die Psychologin war eine junge, sympathische Frau. Christine war ein alter Hase und wusste, was sie hören wollte. Sie hatte ihr nicht gestanden, dass sie von Kokain und Beruhigungsmitteln abhängig war.

Sie hatte ihr auch nicht besonders viel über ihre Mutter erzählt, eine pensionierte Krankenschwester, die vor vierundsiebzig Jahren in Kiel zur Welt gekommen und im Februar in Rouen gestorben war, beim Sturz aus dem Fenster ihrer Wohnung in der vierten Etage im Saint-Sever-Viertel.

Was hätte sie ihr auch groß erzählen sollen?

Christines Kindheit und Jugend in Rouen waren ein einziges großes Schweigen gewesen, mit regelmäßigen depressiven Phasen ihrer Mutter. Sie wurde als kleines Mädchen oft bei Kolleginnen ihrer Mutter untergebracht. Ihre Mutter war immer liebevoll zu ihr, wurde nie wütend, nur ein einziges Mal, als Christine in der Schule Deutsch als zweite Fremdsprache wählen wollte. Als ob Petra Steiner jede Erinnerung an ihre Herkunft auslöschen wollte. Nur ein leichter, kaum wahrnehmbarer deutscher Akzent war ihr geblieben.

Christine, die als Polizistin bei der Antiterroreinheit gewohnt war, alles über ihre Zielpersonen in Erfahrung zu bringen, hatte paradoxerweise nie das Bedürfnis, mehr über ihre Mutter zu erfahren, als ihr bekannt war. 1947 in Kiel geboren, 1971 mit Christine nach Frankreich gezogen, da war Christine knapp drei Jahre alt. Als Grund dafür gab ihre Mutter Liebeskummer an, den Wunsch nach einem Tapetenwechsel, und Frankreich und die französische Sprache, die sie in der Schule gelernt hatte, hätten sie schon immer fasziniert. Es stimmt, ihre Mutter liebte das Französische. In ihrem Bücherschrank im Schlafzimmer standen ausschließlich Bücher französischer Dichter und Romanciers. Als Christine zur Vorbereitung der Beerdigung zwei Nächte in ihrem früheren Jugendzimmer in Rouen verbracht hatte, hatte sie in einem Gedichtband von Aragon geblättert und war dabei auf ein Gedicht gestoßen, bei dem Petra Steiner mehrere Zeilen unterstrichen hatte.

Sa vie elle ressemble à ces soldats sans armes
Qu'on avait habillés pour un autre destin
À quoi peut leur servir de se lever le matin
Eux qu'on retrouve au soir désœuvrés incertains
Dites ces mots ma vie et retenez vos larmes
Il n'y a pas d'amour heureux.*

Zu Petra Steiners Beerdigung, an einem Tag mit einem blendend weißen Himmel, waren dafür, dass diese Frau so zurückgezogen gelebt hatte, erstaunlich viele Leute gekommen. Ehemalige Kolleginnen von Petra, bei denen Christine manchmal während der Psychiatrie-Aufenthalte ihrer Mutter gewohnt hatte, ein paar alte Kindheitsfreundinnen von Christine, und ihr erster Freund, ein inzwischen kahlköpfiger Mann um die fünfzig mit Wampe, der immer noch dieselben sanft blickenden blauen Augen hatte. Sogar der Große Chef war da, und Fadila Amrani, die inzwischen nach Angers versetzt worden war.

»Ich gebe Ihnen meine neue Nummer, Commissaire, für den Fall der Fälle.«

Der TGV bremste ab. Gleich würden sie Lyon Part-Dieu erreichen.

Christine stand etwas benommen in der riesigen Bahnhofshalle. Sie widerstand dem Drang, eine Beruhigungstablette zu nehmen. Sie hatte während ihres Zwangsurlaubs versucht, sich das Koks und das andere Zeug abzugewöhnen. Es war ihr zwar nicht gelungen, ganz darauf zu verzichten, aber sie hatte ihren Konsum deutlich eingeschränkt.

---

* AdÜ: *Ich bin wie Du, wir sind ja / Soldaten ohne Waffen, / Für solch ein Leben hat meine Mutter mich gemacht, / Wozu noch morgens aufstehn? / Mein Tag ist finst're Nacht. / Und kommt je wieder ein Licht, / Wird sichtbar, was wir sind: / Ein Häufchen Elend nur / Glückliche Liebe, die gibt's nie.*
Glückliche Liebe, Nachdichtung von Wolf Biermann

In den letzten Wochen hatte sie sich hin und wieder einen Leihwagen genommen und war nach Veules-les-Roses gefahren, einem kleinen Badeort an der Côte d'Albâtre, den sie von Urlauben mit ihrer Mutter kannte. Dort verbrachte sie den Tag, machte Spaziergänge am Kieselstrand und sah dabei zu, wie die stahlgrauen Wellen gegen die Kreidefelsen schlugen.

Sie aß Taschenkrebs und Austern, mäßigte sich beim Weißwein. Manchmal wurde sie vom Einbruch der Dunkelheit überrascht, die sehr plötzlich kam, fast ohne Übergang. Dann übernachtete Christine in der Wohnung ihrer Mutter in Rouen. Sie konnte sich nicht dazu entschließen, sie zu verkaufen. Dabei waren weder Petra noch sie dort besonders glücklich gewesen. Sie kramte ein bisschen in den alten Sachen herum, stieß dabei auf Erinnerungsstücke, wie einen Karton mit einiger Kleidung aus ihrer Kindheit, alte Schulzeugnisse, Fotos aus der Ferienkolonie, Fotos von ihrer Abi-Feier. Da stand Christine lachend neben ihren Freundinnen, und der, aus dem später der dicke Mann um die fünfzig mit den blauen Augen wurde, war damals noch ein schlanker junger Mann mit einer blonden Haarlocke, die ihm in die Stirn fiel.

Es gab sogar eine Kopie ihrer Geburtsurkunde für die französischen Behörden: Kristina Steiner, genannt Christine Steiner, geboren am 2. Januar 1969 in Berlin (West). Über ihre Mutter gab es nichts.

Später dachte Christine, wenn sie das Leben von Petra Steiner mit dem Blick einer Polizistin betrachtet hätte, dann hätte sie es sicherlich verdächtig gefunden, dass es so gar keine Erinnerungsstücke gab. Als hätte das Leben ihrer Mutter, die 1980 die französische Staatsbürgerschaft erwarb, erst mit ihrer Ankunft in Frankreich begonnen.

***

Christine stand inmitten der Menge vor den großen Plakaten, auf denen das Festival *Quais du Polar* angekündigt wurde. Sie starrte auf ihr Smartphone, um herauszufinden, wie sie zum Palais de la Bourse kam, dem Veranstaltungsort, da sah sie auf dem Display die Nummer vom Großen Chef.

»Na, Christine, bist du gut in Lyon angekommen?«

»Ja, ich …«

»Hör mal, nimm's mir nicht übel, ich störe dich nur ungern an deinem Wochenende, aber vor der FNAC-Filiale in Part-Dieu wartet ein Kollege auf dich. Bist du noch im Bahnhof?«

»Ja, ich bin gerade eben … aber was soll das?«

»Das erklärt dir der Kollege.«

»Du willst mir damit aber nicht sagen …«

»Was sagen? Du bist immer noch offiziell im Zwangsurlaub, aber du könntest vielleicht hilfreich sein.«

»Danke …«

»Nun mal dir bloß nicht zu viel aus, du bist immer noch suspendiert.«

***

Der Polizist in Uniform, der vor der FNAC-Filiale stand, erkannte sie, bevor sie ihn gesehen hatte.

»Commissaire Steiner? Brigadier Marceau.«

Als sie den Brigadier sah, empfand sie für einen kurzen Moment Gewissensbisse, Marceau sah Cazal auffallend ähnlich.

Er führte sie zu einem Polizeiwagen und fuhr sofort los.

»Sagen Sie mir doch kurz, worum es geht, ich bin ja eigentlich nur zufällig hier …«

»Ich werde es versuchen.«

Marceau war ein guter Bulle, er hatte die Gabe, die Dinge kurz und bündig zusammenzufassen. Während der Fahrt erklärte er ihr, dass es am frühen Morgen in einer Wohnung in der Rue Pouteau eine Schießerei gegeben hatte.

Die Rue Pouteau lag im Croix-Rousse-Viertel. Ein pensionierter deutscher Professor, Torsten Meyer, 77 Jahre alt, und seine Frau Françoise waren von einem Mann erschossen worden, der nichts bei sich trug außer einem Flugticket Frankfurt–Lyon–Frankfurt, der Rückflug war für heute geplant gewesen. Torsten Meyer war jedoch nicht sofort tot. Es gelang ihm, aus seinem Schlafzimmer eine Pistole zu holen, eine Heckler & Koch, und auf den Killer zu schießen. Der war gerade in der Notaufnahme des Krankenhauses von Croix-Rousse seinen Verletzungen erlegen.

»Ist die Antiterroreinheit bereits alarmiert?«

»Ja, denn Torsten Meyer war in den 70er Jahren Mitglied einer linksextremen Terrorgruppe in Deutschland. Er lebte seit vierzig Jahren in Frankreich, aber die Tatsache, dass extra jemand aus Frankfurt gekommen ist, um ihn zu töten und am selben Tag zurückzufliegen, hat die Kollegen stutzig gemacht.«

»Wer leitet die Ermittlungen?«

»Commissaire Garance. Kennen Sie ihn zufällig?«

»Nur flüchtig.«

»Er erwartet Sie in der Rue Pouteau.«

***

Brigadier Marceau parkte seinen Wagen unter einer Vielzahl von Treppen, die von sechsstöckigen Häusern gesäumt wurden. Die Treppen wurden von Schaulustigen, Polizisten und Journalisten belagert.

Die Wohnung von Torsten Meyer befand sich in der obersten Etage. Mit 77 Jahren, ohne Aufzug, das war sicher nicht einfach. Es sei denn, er war super in Form. War er offenbar, denn trotz seiner Verletzung hatte er sich seiner Waffe bemächtigen und den Killer erschießen können, das war schon eine Leistung.

Commissaire Garance, ein Typ um die dreißig, in einem gut geschnittenen Anzug, gab ihr die Hand und sagte lächelnd:

»Die große Commissaire Steiner!«

Das war noch nicht einmal ironisch gemeint. Das dachte er wirklich.

»Ich weiß eigentlich nicht so genau, was ich hier verloren habe, Commissaire Garance ...«

»Es kann nie schaden, wenn eine Expertin sich einen Eindruck verschafft, oder? Außerdem wäre es möglich, dass es eine Verbindung zum Fall Boulinier und der *Action Europe Blanche* gibt.«

Christine zuckte unwillkürlich zusammen.

Offiziell wusste niemand, dass sie an der Aktion in der Somme-Bucht beteiligt war.

Commissaire Garance ahnte den Grund für ihre Irritation.

»Wie Sie sicher wissen, Commissaire Steiner, bleibt bei der DGSI nichts geheim. Boulinier hatte, wie nicht wenige dieser Drecksverle, Kontakte zu rechtsextremen Kreisen in Deutschland. Sie kennen ja die Berichte unserer Kollegen vom Bundesamt für Verfassungsschutz. Die befürchten, dass überall in Europa Anschläge von ultrarechten Gruppierungen drohen, Racheakte gegen Überlebende der Baader-Meinhof-Gruppe ... Das gehört ausdrücklich zum Plan dieser Irren, vor allem der jungen Typen. Sie möchten sich zusätzlich zu den üblichen Anschlägen gegen Immigranten jetzt auch noch die überlebenden Symbolfiguren der linksextremen Szene vornehmen. Vielleicht hat Boulinier oder jemand anderes ihnen Schützenhilfe geleistet ... Was halten Sie von der Idee?«

»Ja, das wäre möglich, dieser Spur sollte man nachgehen. Auf welchen Namen war denn das Flugticket des Killers ausgestellt?«

»Der Name ist unbekannt, der Killer hatte falsche Papiere. Da er sie nicht bei sich trug, muss er sie irgendwo im Flughafen von Lyon versteckt haben, um sie sich vor dem Rückflug wiederzuholen ... Aber egal, ob wir sie finden oder nicht, sie werden uns nicht großartig weiterhelfen.«

Während Garance weiterredete, inspizierte sie nebenbei die Wohnung, die Spurensicherung war bereits da gewesen. Der Killer hatte Torsten und seine Frau in der Küche beim Frühstück überrascht. Françoise war auf der Stelle tot gewesen. Dem schwer verletzten Torsten war es gelungen, die Küche durch eine zweite Tür zu verlassen. Man konnte seiner Blutspur bis ins Schlafzimmer folgen.

Im Schlafzimmer, auf dem noch ungemachten Bett, hatte Torsten auf der Suche nach seiner Waffe Schuhkartons voller Fotos ausgekippt, die auf einem kleinen Bücherregal aufgereiht waren. Seine letzte Genugtuung, bevor er starb, dürfte gewesen sein, dass er noch auf den Killer schießen konnte. Die Fotos waren übers Parkett verstreut.

Ohne zu überlegen, hockte Christine sich hin und beugte sich über die Fotos.

Sie stellte ihren Rucksack mit ihren Klamotten und ihrer Dienstwaffe neben sich.

Sie hatte auf Anhieb etwas entdeckt, das sie dort nie und nimmer vermutet hätte.

Etwas, das sie nicht nur nie und nimmer dort vermutet hätte, sondern das sie am liebsten auch nie gefunden hätte.

Ihr wurde schwindlig, sie hatte das Gefühl, sich jeden Moment übergeben zu müssen.

Sie steckte das Foto in die Tasche ihrer Lederjacke und richtete sich auf. Um sie herum drehte sich alles. Sie meinte, erste Anzeichen einer dieser verdammten Panikattacken zu spüren.

»Was ist denn los, geht's Ihnen nicht gut, Ihnen steht ja der Schweiß auf der Stirn…?«, fragte Commissaire Garance.

»Ich … ich weiß nicht. Ich muss mal an die frische Luft.«

Unter dem erstaunten Blick von Garance griff sie den Rucksack, verließ hastig die Wohnung, sprang, mehrere Stufen auf einmal nehmend, die Treppe hinunter, bis sie das Erdgeschoss erreicht hatte. Im nächsten Moment stand sie auf der Straße, inmitten der Schaulustigen. Aus dem Augenwinkel sah sie Brigadier Marceau, dann sprang sie die Stufen der Rue Pouteau hinunter und lief ziellos durch das Croix-Rousse-Viertel.

Sie merkte noch nicht einmal, dass sie weinte.

In einer menschenleeren Gasse lehnte sie sich an eine Mauer und holte das Polaroid mit den verblichenen Farben hervor.

Es bestand kein Zweifel.

Die Frau auf dem Foto war ihre Mutter, fünfzig Jahre jünger.

Sie hielt ein Baby auf dem Arm. Das Baby trug eine blaue Wollmütze mit einem roten Stern. Diese Wollmütze kannte sie nur allzu gut. Ihre Mutter hatte sie aufgehoben, und bei ihrem letzten Zwischenstopp in Rouen hatte sie sie nochmal in den Händen gehalten.

Sie drehte das Foto um.

Jemand – Torsten Meyer? – hatte darauf geschrieben: »Wolfgang, Petra und Kristina, Juli 1969.«

ZWEITES KAPITEL

»Ich scheiß auf den Shitstorm.«

Wolfgang Sonne stand an einem der Fenster des kleinen Hauses. Lang, ein wenig krumm der Rücken, volles Haar in Grau mit einem Rest Schwarz über dem linken Ohr. Der Schnurrbart akkurat bis zu den Mundwinkeln gezogen. Die Kiesgrube war versteckt hinter dem Rest des Wäldchens. Aber die paar Bäume, auf die er blickte, würden auch bald verschwunden sein. Genauso wie das Haus, in dem er sich befand, dachte er.

Elke kam von hinten, schmiegte sich an ihn und legte ihm die Hand zwischen die Beine. Sie ließ sie zuerst ruhen und suchte dann.

»Früher«, sagte sie, »war er fast immer hart, wenn du wütend warst.« Sie blieb stehen, wie sie war. Leggings und T-Shirt in Schwarz, das Haar im grauen Zopf über der offenen roten Strickjacke.

Wolfgang sagte keinen Ton.

»Da haben sie jetzt Pillen für«, ergänzte Elke und verstärkte den Druck mit der Hand.

»Dann bin ich ja ein alter Mann, wenn ich die nehme.«

»Du bist 75.«

»Da scheiß ich auch drauf.«

»Auf die 75?«

»Auf die Erektionsstörung.«

»Darüber wird noch zu reden sein. Wie übrigens auch über den Shitstorm. Was hast du denn erwartet? ›Lasst sie die Grenzen stürmen‹, und das auch noch auf Twitter.«

»Unsinn«, sagte Wolfgang. Er löste Elkes Hand vorsichtig von seiner Körpermitte und griff nach einer Zeitung. Suchte kurz und zeigte dann mit dem Kinn auf den Artikel. Noch während er die randlose Brille aufsetzte, begann er zu lesen. »Hier … ›Wenn wir Hunger und todbringende Waffen weiterhin exportieren, dann sollen sie alle kommen und unsere Grenzen niedertrampeln.‹ Das ist differenzierter.«

»Toll. Twitter und differenziert.«

»Was soll schon passieren?«

Elke stellte sich exakt so ans Fenster wie zuvor Wolfgang. Sie benutzte den Ärmel der Jacke, um ein Element oberhalb der vertikalen Strebe des Fensterkreuzes zu putzen. »Jetzt sind sie uns tatsächlich auf die Pelle gerückt. Ich hab ja gedacht, dass wir das vielleicht gar nicht mehr erleben.«

»Sie wollten es schon vor zwei Jahren tun.«

»Ja. Aber sie haben es so oft verschoben. Und jetzt … Habe ich dir schon gesagt, dass ich den Kleiderschrank fast ausgeräumt habe?« Sie schüttelte den Kopf. »Sind die Fassbenders eigentlich schon draußen? Ich hab nicht gesehen, dass sie ausgezogen sind.«

»Ich habs auch nicht mitgekriegt. Vielleicht, als wir die Bücher weggebracht haben. Aber sie hätten sich auch nicht verabschiedet von uns. Die Arschlöcher. Das mit Twitter geht mir auch auf die Nerven. Die ganzen Idioten. Aber so neu sind die Dinge ja nicht. Es ist ja nicht so, dass ich so etwas früher anders formuliert habe.«

»Lass uns rausgehen.« Elke öffnete die Tür nach hinten.

»Denkst du immer noch, dass sie uns abhören?«

»Nein, einfach so. Sie hören uns nicht ab. Du hast das immer vermutet. Die Sonne scheint, und wir werden das hier nicht mehr oft erleben.« Sie stand schon in der Tür und bot Wolfgang die Hand an. Der ergriff sie und ließ sich nach draußen ziehen. Wortlos gingen sie bis an den Rand des Grundstücks. Wilde Wiese und Kräutergarten im Rücken. Keine Begrenzung des Grundstücks vor ihnen, dafür mehrere Reihen ungefällter Birken. Dahinter die schon abgeholzten Bäume.

Auf der rechten Seite das Gelände der Fassbenders. Hecken als Grundstücksgrenze und Sichtschutz, darin ein weder gepflegter noch genutzter Garten. Links die Röders. Ihr Kombi rollte gerade vor. Peter und Ina stiegen gleichzeitig aus, die beiden Mädchen brauchten etwas länger. Beide Erwachsenen grüßten wortlos, einfach mit einem kurzen Heben der Hand.

»Es ist so traurig. Die finden nie wieder was für ihre Kinder. Die werden jetzt in der Etagenwohnung spielen.« Elke winkte den Kindern. Die winkten zurück und verschwanden im Haus.

»Wir finden so etwas auch nie wieder.«

»In der Gartenkolonie ist das Haus neben Rolf und Heidemarie immer noch frei.«

»Ich gehe nicht in die Gartenkolonie. Nicht einmal, wenn wir das Haus geschenkt kriegen.«

»Du bist immer so streng.«

»Dafür bin ich bekannt, und deshalb werde ich gelesen.«

Berta, die Älteste der Röders, kam aus der Hintertür. Sie sprang über den Begrenzungsstein und rannte auf Elke zu, die sie in die Arme schloss. »Liest du uns was vor?«, fragte Berta. Sie war sieben und konnte schon gut lesen, aber manche Angewohnheiten blieben bestehen.

»Wir haben alle Bücher schon weggebracht«, sagte Elke und blickte zu Wolfgang hinüber. »Oder?«

»Hm, ja.« Er ging in die Knie, ignorierte den Schmerz und sagte: »Keine Bücher mehr seit gestern hier. Nur noch die, die wir selbst lesen.«

»Erwachsenenbücher?«, fragte Berta.

»Hm. Nur Erwachsenenbücher.« Wolfgang erhob sich wieder. Das mit den Knien wurde wirklich nicht besser.

Berta zog die Schultern ein und ging wieder von dannen.

»Wir können mal vorbeikommen zum Vorlesen«, rief Wolfgang ihr hinterher. »In der Wohnung.« Elkes Blick tadelte ihn. »Meinst du nicht, dass du da zu viel versprichst?«

Schulterzucken bei Wolfgang. »Wenn sie schon weg sind, können wir die Waffen auch gleich ausgraben.« Er drehte sich um und betrachtete das Gelände der Fassbenders.

»Lass uns warten, bis es dunkel ist. Das müssen die ja nicht sehen.« Sie nickte kurz zum Haus der Röders. »Ich hab mich gewundert, dass du sie nicht schon rausgeholt hast.«

»Ich wollte schon. Aber ich war mir nicht sicher, ob sie wirklich weg sind. Und einmal, vorgestern glaube ich, da war es zwar dunkel, aber im Haus war noch Licht. Sie waren noch wach.«

»Sie haben sich ganz schön verändert, seit sie hierhin gezogen sind.« Elke nahm Wolfgangs Hand wieder in ihre, zog ihn zurück zum Haus.

»Sie haben sich nicht verändert«, sagte Wolfgang und hielt Elke fest, bevor sie eintreten konnten. »Sie haben einfach nur rausgekriegt, wer wir sind.«

»Wer du bist.« Elke betonte das Du und zog den Konsonanten in die Länge. »Ich bin nur die verrückte Yogalehrerin. Vergiss das nicht.«

»Du hast dich weder in deinen Büchern noch hier je zurückgehalten.«

»Erstens lesen die Fassbenders keine Bücher. Und zweitens, komm ins Haus rein, ich will Kaffee machen. Ich habe denen nie viel erzählt. Yoga ist für die nicht viel mehr als Frauen, die sich auf den Boden werfen und Verrenkungen machen. Nee, nee, die haben schon rausgekriegt, wer du bist. Komm, nach dem Kaffee verbrennen wir Unterlagen, die wir nicht mehr brauchen.«

»Es ist gleich dunkel«, sagte Elke. Sie stellte die gespülte Kaffeetasse auf den Spülkorb, löschte das Licht an der Hintertür und dann das über dem Esstisch. Das zweistöckige Haus hatte einen großen Raum, der als Küche und Wohnzimmer diente, dazu noch einen kleinen Flur und ein Badezimmer im Parterre. Im ersten Stock gab es ein Schlafzimmer und ein weiteres Bad.

»Und?«, fragte Wolfgang, als die Lichter gelöscht waren. Es war nicht so dunkel, dass man sich nicht bewegen konnte, aber die Mappe, die er gerade durchblätterte, legte er auf den Tisch. Lesen konnte man bei den Lichtverhältnissen nicht mehr. »Es wird eben dunkel am Abend. Das ist immer schon so gewesen. Was ist das Besondere daran?«

»Wir holen die Waffen gleich.«

»Warum willst du das jetzt tun?«

»Weil das Haus leer ist«, sagte Elke und hielt die Nase ans Fenster. »Weil die Fassbenders weg sind. Weil die Gelegenheit gut ist.«

Als Wolfgang nicht antwortete, sagte sie: »Wir müssen es sowieso tun.« Sie bewegte sich zu dem Fenster, von dem aus man das Haus der kleinen Familie sehen konnte. »Die bringen die Kinder ins Bett. Dann ist da auch gleich Schluss. Es ist zu kalt, um draußen zu sitzen, also werden sie uns nicht sehen können.«

Wolfgang wusste, dass Elke recht hatte. Sie mussten es tun. Und wenn es jetzt die Möglichkeit gab, es unbeobachtet zu erledigen, dann … Es war ihm wichtig gewesen, dass die beiden Eisen nie in der Wohnung zu finden waren, in der er gerade schlief. Oder dem Haus hier, das sie für die Wochenenden nutzten, oder zum Schreiben oder einfach nur, um mal dem Lärm der Stadt zu entkommen.

Das Haus im Südosten Leipzigs war Teil einer kleinen Siedlung aus den frühen 30er Jahren des letzten Jahrhunderts, die langsam vom Kieswerk aufgefressen worden war. Ihr Haus und die beiden, zwischen denen ihres lag, waren die letzten, die fallen sollten. Drei Tage noch, und die Bagger würden anrücken.

Das mit den Waffen war vernünftig, aber es machte ihn nervös. Schon der Gedanke daran. Wenn die Bullen kämen, dann durften sie die nicht finden.

Aber die Bullen kamen nicht mehr. Er war 75 und ein renitenter alter Sack. Für einen renitenten alten Sack interessierten die sich nicht mehr.

Und jetzt war er sogar ein renitenter alter Sack, der keinen mehr hochkriegte. So eine Scheiße.

»Es wird dir nicht helfen, mich zu ignorieren«, hörte er Elke.

Er erhob sich, blickte nacheinander aus allen Fenstern, umarmte Elke und sagte: »Paar Minuten noch, dann ist es so dunkel, dass wir nicht gesehen werden, und noch hell genug, um die Taschenlampe hier zu lassen. Ich ziehe mir noch was anderes an.« Er zeigte auf das weiße T-Shirt, das er trug.

Kurz darauf verließen sie das Haus und schlichen um die Hecke der Fassbenders herum.

»Weißt du es noch?«, fragte Elke.

»Ungefähr.«

Sie standen jetzt mit dem Rücken zur wachsenden Kiesgrube. Wolfgang zeigte auf einen dürren Baum. »Das war mal ein Bäumchen. Aber da ist es.«

»Das ist immer noch ein Bäumchen. Soll ich?«

Wolfgang zwängte sich schon durch eine Lücke in der Hecke. Er hatte ein dunkelgraues Hemd angezogen, das schon einen Riss hatte. Gerade kam ein weiterer hinzu. Mit zusammengebissenen Zähnen ging er in die Knie und holte die kleine Setzschaufel aus der hinteren Tasche der Jeans. Zuerst stocherte er nur ein bisschen herum und versuchte, sich daran zu erinnern, in welchem Winkel zum Baum und zum Haus er das kleine Paket vergraben hatte. Als das Stochern keine Erkenntnis brachte, fing er an, den Boden vor sich zu lockern.

»Wolfgang.«

Elkes Stimme war so leise, dass sie kaum zu vernehmen war. Aber sie war dringend. Fast panisch.

»Wolfgang.« Erneut. Noch leiser. »Da ist einer.«

Er stand unter Schmerzen auf und wollte sich durch die Hecke drücken.

»Nein«, sagte Elke. »Geh da hinten rum. Das macht weniger Lärm. Und dann komm zu mir.«

Wolfgang wusste, dass es eine Auslassung in der Hecke gab. Er fand die Lücke und schlich zu Elke, dabei produzierte er kein Geräusch, das lauter war als der Wind.

Als er den Arm um ihre Schultern legte, spürte er das Zittern. »Wo?«, fragte er.

Sie zeigte zwischen ihrem eigenen und dem Fassbender-Haus hindurch auf den dichten Wald, der sie vor der Landstraße schützte. »Da. Zwischen den Bäumen.«

»Ich seh nichts.« Wolfgang nahm die Brille ab und zoomte vor und zurück. Er kriegte die erste Reihe Bäume halbwegs scharf gestellt, konnte aber keine Seele entdecken.

»Ich gerade auch nicht mehr.«

»Bist du sicher?« Falsche Frage. Sie waren misstrauisch. Beide. Aber sie waren nicht paranoid. Jedenfalls nicht über das nötige Maß hinaus.

»Natürlich bin ich sicher.« Sie betonte das erste Wort mit tiefem Nachdruck. »Da. Ein paar Meter neben der Zufahrt. Da hat einer gestanden.«

»Hat der uns gesehen?«

»Ich weiß es nicht. Es ist fast dunkel. Und wir ... Da war wirklich einer.«

»Ich zweifle nicht daran. Ein Jäger.«

»Im Dunkeln?«

»Ein Pilzsammler.«

»Im Frühjahr?«

»Was wollte er?«

»Woher soll ich das wissen? Aber es gibt Leute, die wissen, wo wir wohnen.«

»Sie wissen von der Wohnung in Leipzig.«

»Ja, aber es ist nicht schwer herauszukriegen, dass der berühmte Wolfgang Sonne dann und wann hier zu finden ist.«

»Du bist wieder bei dem Artikel.«

»Ich bin bei dem Unsinn, den du auf Twitter postest.«

»Das ist kein Unsinn.«

»Es ist das falsche Medium.«

»Sollen sie sich darüber aufregen.«

»Ja, und vielleicht war das einer, der sich darüber aufgeregt hat.«

»Oder ein Spaziergänger.«

»Oder ein Spaziergänger. Grab weiter.«

Wolfgang zwängte sich erneut durch die Lücke vor ihnen, holte sich noch einen Riss im Hemd, ging wieder in die Knie und ackerte so lange im Boden am Baum, bis er auf etwas Metallenes stieß. Es klang nicht so, denn die Eisen waren in Plastik und Stoff eingewickelt, aber er spürte die Schaufel auf etwas Hartes stoßen. Mit dem Paket in der Hand standen sie dann noch eine Weile verborgen hinter der Hecke und blickten zwischen den Häusern hindurch. Aber da war niemand.

»War es ein Mann?«, fragte Wolfgang.

»Was sonst?«

Elkes leises Schnarchen war ihm meistens eine so vertraute wie erwünschte akustische Versicherung, dass alles zum Besten stand. Er dachte oft noch ein wenig nach über einen Artikel, den er schreiben wollte, und folgte ihr dann in den Schlaf. Ohnehin bewunderte er ihre Ruhe und Gelassenheit in allen Lebenslagen, weshalb es ihn umso mehr beunruhigte, wie nervös und unkontrolliert sie am Abend gewesen war. Dass sie gemeint hatte, im Wald eine Gestalt zu sehen, war etwas, das ihn nun selbst verunsicherte.

Wolfgang rollte sich von Elke weg und setzte sich an der Bettkante auf. Ganz langsam nahm er die Jeans und das eingerissene Hemd vom Stuhl, griff die Schuhe, verließ das Zimmer, ging hinab und zog sich im dunklen Flur an. Er war froh über die Gardinen, die Elke vor die beiden Fenster neben der Tür gehängt hatte. So konnte er durch den Spalt zwischen Stoff und Fensterrahmen blicken, ohne sich beobachtet zu fühlen. Selbst wenn dort jemand stünde …

WENN!

Aber warum sollte dort einer stehen? Was gab es hier zu sehen? Drei Häuser, die in wenigen Tagen abgerissen werden würden. Eine Kleinfamilie mit zwei süßen Kindern. Elke und ihn. Und die Fassbenders.

Nein, dachte er, die Fassbenders waren nicht mehr da. Sie hatten sich nie gut miteinander verstanden. Auf eine unaggressive Art. Es gibt eben Nachbarn, die man mag, und solche, mit denen man nicht zurechtkommt. Kein Problem eigentlich. Den Kindern der netten Nachbarn liest man etwas vor, spielt Oma und Opa und fragt sich nicht, was deren Eltern eigentlich wissen über einen.

Und von den andern hält man sich fern. Punkt. Auch, weil der schwachsinnige Sohn der Fassbenders ein Schutzmann war.

Elke war aber auch manchmal genervt gewesen, wenn Fassbender wieder einmal durch die Hecke gelatscht kam, um jemandem am Telefon die Welt zu erklären. Dann stand er außerhalb des Grundstücks, redete auf jemanden ein und starrte auf ihr Haus. Oder auf Elke im Liegestuhl. »Wenn ich will, dass mich ein Mann anglotzt, dann sage ich ihm das schon«, hatte er ein paar Mal gehört.

Einmal hatte er Elke gefragt, ob er rübergehen und Fassbender eins aufs Maul geben solle. Mit komplett ernster Miene. Elke hatte zwei Sekunden gebraucht, um den Witz zu kapieren und dann schallend gelacht.

Der Witz hatte darin bestanden, dass Fassbender 20 Jahre jünger und 30 Kilo schwerer war als er selbst.

Wolfgang verließ das Haus durch die Hintertür, die Taschenlampe hatte er in der Hand. Kurz stierte er ins Dunkel vor sich. Die Kiesgrube war immer näher gekommen, immer größer geworden im Lauf der Jahre. Vom Birkenhain waren ein paar dünne Reihen Bäumchen geblieben. Die anderen Häuser, ein Dutzend beinah den Weg weiter runter, waren schon vor Monaten gefallen. Schade war es schon um die Idylle. Eine kleine Siedlung, versteckt vor der Landstraße durch alten Baumbestand. Hierher hatte sich niemand verirrt. Hier hätte er auch seinen letzten Atemzug machen können. Irgendwer hatte ihnen erzählt, dass da ein Haus zu verkaufen gewesen war. Wann war das? Frühe 90er? Elke und er hatten es sich sofort angeschaut. Das leere gleich dort, wo der Weg durch den Wald endete. Die beiden Häuser, die es flankierten, identisch aussehend bis zum schmutzigen Putz. Zwei Etagen, Haustür mittig, Flur- und Klofenster zu beiden Seiten. Ein Matschloch am Rand, um den Wagen zu parken. Keine Schönheit das Haus, aber ihres. Und fern des Stadtlärms. Sie hatten es sofort gekauft. Damals war hier alles so billig gewesen.

An der Hecke der Fassbenders blieb er stehen. Dass sie die Eisen dort vergraben hatten, war eine gute Entscheidung gewesen. Sie hatten das Ehepaar eine Weile beobachtet und bemerkt, dass es Ecken auf dem Gelände gab, die praktisch nie genutzt wurden. Die Fassbenders hatten eine kleine Terrasse gebaut mit ein paar Gehwegplatten, auf der an warmen Tagen die Fleischspeisen verzehrt wurden, die Frau Fassbender zubereitete. Dann gab es den Trampelpfad raus aus dem Gelände, den Herr Fassbender zum Welterklären benutzte. Und das wars.

Einzig die gelegentlichen Besuche, die sie hatten, waren etwas, das ihnen Sorgen bereitete. Dann stand schon mal einer der Kerle oder zwei von ihnen auf dem Gelände und scharrte mit der Sohle irgendwo herum. Komplett unbewusst, was man so macht, wenn man herumsteht, sich unterhält mit einer Bierdose in der Hand. Aber im Grunde genommen war das Versteck sicher. Nah bei ihnen und doch fern.

Wolfgang zwängte sich durch die Hecke. Die Hintertür des Hauses war nicht abgeschlossen. Er betrat es und suchte nach einem Geruch, schnüffelte. Fand aber bestenfalls Klostein und etwas Abgestandenes, das wie altes Bier roch. Als er die Büchsen umtrat, wusste er immerhin, woher der Duft stammte.

Er schaltete ganz kurz die Taschenlampe ein. Mitten im Raum hatten sie gestanden. Leer. Vom Discounter.

Dass sie aber auch nicht bemerkt hatten, wie die Fassbenders ausgezogen waren. Vielleicht waren sie einkaufen und essen gewesen. In ein paar Stunden kann man so ein kleines Haus schon ausräumen. Egal, es war ja auch nicht wichtig.

Vom Flur aus blickte er in den Wald hinein, in dem Elke vorhin diese Gestalt gesehen hatte. Oder gemeint hatte zu sehen.

Na, sei nicht gemein. Sie wird schon etwas gesehen haben. Oder irgendwen.

Der Shitstorm hatte Elke aus der Balance gebracht. Dabei waren es nur die üblichen Reaktionäre, Nazis und Spacken, die die üblichen Sachen sagten, schrieben und posteten. Wir kriegen dich. Wir schneiden dir die Eier ab. Du wirst brennen. Juda verrecke, obwohl er keinen jüdischen Anteil in der Familie hatte, soviel er wusste jedenfalls. Irgendwas mit Gas, irgendwas mit Ausweisen, aber wohin denn nur, musste man sich ja fragen, wer wollte denn so einen wie ihn, und auch immer was mit Elke. Da vor allem die üblichen sexualisierten Sachen.

Das hatten sie alles schon erlebt. So oder ähnlich.

Und trotzdem war Elke gerade etwas mehr als sonst nicht so gelassen, wie es ihr eigener Anspruch an sich selbst war. Als Yogalehrerin.

Er lehnte sich mit der Hand an den Türrahmen, wünschte sich ein kaltes Bier in die Hand, zur Not auch eine dieser Büchsen vom Discounter, und fragte sich, was er hier eigentlich tat. Na gut, er hatte nicht schlafen können. Und wenn er ehrlich zu sich selbst war, dann waren die Dinge, die sie gerade zu hören kriegten, die Reaktionen auf den letzten Artikel und seine Twittersachen, schon ein kleines bisschen heftiger ausgefallen als sonst.

Mit einem Finger fuhr er die Strukturen im Holz des Rahmens ab. Morgen früh würde er ein paar Freunde anrufen wegen der nächsten Kisten, die hier weg mussten. Viel war es nicht mehr. So schade um das schöne kleine Haus. So eines würden sie hier in der Nähe nicht mehr kriegen.

Der Zeigefinger betastete immer noch die Unregelmäßigkeiten im Türrahmen. Wolfgang wunderte sich, dass Spießer wie die Fassbenders hier kein glatt poliertes Holz hatten. Also schaltete er die Lampe noch einmal an.

Kurz nur.

An das Licht. Wieder aus. Jetzt musste er aber doch ein wenig schmunzeln. Da würde niemand stehen im Wald. Außerdem war es jetzt auch schon mitten in der Nacht.

Der kurze Lichtblitz hatte ein paar Buchstaben offenbart, die wohl ins Holz geritzt worden waren.

Schon seltsam. Dass die Fassbenders so etwas taten. Er schaltete die Taschenlampe erneut ein.

Buchstaben.

Zahlen auch.

Er musste die Augen zusammenkneifen, um erkennen zu können, worauf er da blickte. Er hätte die Brille mitnehmen sollen.

Buchstabe, noch zwei, dann vier Zahlen.

Er kniff die Augen zusammen und wunderte sich. Das war das Kennzeichen seines Wagens. Und darunter – kurz die Augen schließen – darunter, das war jenes von Elkes Auto.

Entspann die Augen. Die Lider unten lassen, zähl bis zehn, nein lieber bis zwanzig. Da standen noch mehr solcher Kennzeichen. An dritter Stelle, da war das von Elkes Sohn, wenn er das richtig im Kopf hatte. Und dann kam das von ihrer Freundin Ute. Und dann... Das war das Kennzeichen von Volker, seinem alten Genossen. Das kannte er genau.

Wolfgang schaltete die Taschenlampe aus. Was immer er erwartet hatte, als er hier eingedrungen war...

DRITTES KAPITEL

Christine Steiner betrachtete sich im Badezimmerspiegel in der Wohnung ihrer Mutter. Sie war nackt und presste sich ihre Dienstwaffe gegen die Schläfe.

Sie weinte.

Tränen verschleierten ihren Blick, und der Spiegel war, nachdem sie eine Stunde unter der Dusche verbracht hatte, ohnehin so beschlagen, dass sie nur ein schemenhaftes Abbild ihres mageren Körpers erblickte.

Sie wartete, dass der Dunst sich verzog und im gnadenlosen Neonlicht den Blick auf ihren langen, dünnen Körper freigab, der so muskulös und sehnig war wie der eines Teenagers, und auf ihr hohlwangiges und vom vielen Weinen gerötetes Gesicht.

Sie atmete stoßweise, stieß einen animalisch klingenden Schrei aus und drückte auf den Abzug.

Der Hahn der Sig Sauer klickte einmal, das war's.

Sie legte die Waffe weg und setzte sich, immer noch weinend, im Schneidersitz auf die feuchten Fliesen.

Es war Mitternacht.

Sie ließ den Tag noch einmal an sich vorüberziehen.

***

Die vergangenen Stunden waren in ihrer Erinnerung eine bloße Abfolge von Handlungen, die sie mehr oder minder mechanisch absolviert hatte. Sie wusste nicht mehr, wie lange sie durch Lyon geirrt war, ohne die Stadt überhaupt zu sehen, die Anfang April bereits etwas Sommerliches hatte. Die Caféterrassen waren gut gefüllt, und die Frauen trugen schulterfreie Kleider, aber sie nahm die Gesichter der Menschen kaum wahr: ein rauchender Mann, zwei herumtobende Kinder, ein junges Mädchen, das auf ihr Handy-Display starrte und sich dabei auf die Unterlippe biss.

Offenbar lange, ihrer Smartphone-App zufolge, die ihre Schritte zählte.

Fast 40.000 Schritte, also etwas über dreißig Kilometer. Sie spürte davon kaum etwas, außer einem leichten Ziehen in der rechten Wade und einem diffusen Schmerz in der Lendenwirbelgegend.

Am Ende war sie in der Nähe des Bahnhofs Part-Dieu gelandet und wusste nicht mehr genau, wie sie dahin gekommen war. Sie betrat ein Fastfood-Restaurant. Sie hatte einen Bärenhunger, bestellte vier Cheeseburger und eine XXL-Portion Pommes und schlang das alles gierig herunter. Ein Teenie-Pärchen sah ihr zunächst staunend dabei zu und wandte sich dann mit einem peinlich berührten Lächeln angewidert ab.

Aber dieses fettige, salzige, weiche Comfort Food füllte eine Leere in ihr. Das erinnerte sie an die Bulimie-Anfälle, die sie mit fünfzehn, sechzehn Jahren hatte. Das war zur Zeit ihres Auszugs aus der bedrückenden Wohnung, in der ihre Mutter während ihrer depressiven Phasen den gesamten Tag im Dunkeln auf der Couch lag. Nun war Petra tot, lag für immer im Dunkeln, und war auf einem fünfzig Jahre alten Polaroid zu sehen, mit ihr als Baby auf dem Arm, neben diesem Unbekannten namens Wolfgang.

Christine ging auf die Toilette des Fastfood-Lokals und übergab sich lange, dabei geriet sie ins Schwitzen. Ein Poster an der Tür kündigte das *Quais du Polar*-Festival an. Ihr ursprünglicher Plan, sich dort durch die Gänge treiben zu lassen, inmitten von Besuchertrauben, die sich von Krimiautoren, die hinter ihren Bücherstapeln saßen, Bücher signieren ließen, erschien ihr jetzt ziemlich absurd.

Der Roman Noir bin ich, dachte sie, während sie sich über das Waschbecken beugte und sich den Mund ausspülte. Ich bin ein Roman Noir. Ich ganz allein. Sie setzte sich auf den Klodeckel, brach in ein bitteres Lachen aus und durchsuchte ihre Taschen nach einer womöglich übersehenen Beruhigungstablette. Dabei wusste sie genau, dass sie keine Medikamente dabeihatte, und auch kein Koks. Sie hatte ein ruhiges, entspanntes Wochenende verbringen wollen.

Von wegen.

Jemand hämmerte gegen die Tür. Christine beschloss aufzubrechen. Sie lief über die von Autos und Straßenbahnen befahrene Fahrbahn hinüber zum Bahnhof auf der anderen Straßenseite und erwischte gerade noch einen Zug nach Paris. Sie hatte Glück, es gab einen freien Einzelplatz in der Ersten Klasse. Sie setzte sich, zog ihre Sonnenbrille auf und konnte der Versuchung nicht widerstehen, erneut einen Blick auf das Foto zu werfen, das sie in der Wohnung von Torsten Meyer gefunden hatte. Womöglich war alles nur ein Irrtum. Aber nein, sie wusste genau, dass dem nicht so war. Kaum war der Zug losgefahren, war sie eingeschlafen.

***

Zwei Stunden später wurde sie von einer Zugbegleiterin sanft geweckt und schreckte dennoch hoch.

In Paris angekommen nahm sie ein Taxi. Mit einem Mal erschien ihr die Vorstellung, jetzt in ihre Wohnung zu fahren, unerträglich, ohne dass sie gewusst hätte warum. Sie bat den Taxifahrer kehrtzumachen.

»Ich fahre doch nicht in die Rue d'Alésia. Bringen Sie mich zur Gare Saint-Lazare.«

Sie fing den müden und lustlosen Blick des Fahrers auf, ein Schwarzer, der Klassikradio hörte. Christine meinte, Bach wiederzuerkennen.

»Wie Sie wünschen.«

Christine wollte nach Rouen. In die Wohnung ihrer Mutter. Noch einmal systematisch alles durchsuchen, obgleich sie wusste, dass sie dort auch keine Erklärung für dieses Bild finden würde.

Während der Fahrt zur Gare Saint-Lazare stellte sie fest, dass ihr Chef ein halbes Dutzend Mal versucht hatte sie zu erreichen, und ihr ebenso viele WhatsApp-Nachrichten geschrieben hatte.

Das konnte warten. Bis sie diesen Schock verdaut hatte.

Vorerst genügte Bach im Taxi, um sie von der Realität abzuschirmen. Ja, doch, es war Bach. Eine der *Englischen Suiten*. Das Klavier umhüllte sie, trug sie davon, übertönte den Verkehrslärm.

Bach, Petra Steiner hatte immer Bach gehört, wenn sie von ihrer Arbeit als Krankenschwester nach Hause kam. Zwar hatte auch Bach sie nicht von ihren immer wiederkehrenden depressiven Phasen heilen können, aber zumindest hatte er diese verzögert. Wenn ihre Mutter aufhörte Bach zu hören, dann, so war Christine irgendwann klar geworden, stand der nächste Aufenthalt in der Psychiatrie bevor.

Christine tauschte mit einem gewissen Bedauern das Taxi und die *Englischen Suiten* gegen die von Gestank und genervtem Hupen erfüllte Luft und schlängelte sich durch die zu den Metro-Eingängen strebenden Menschenmassen und zwischen den im Stau feststeckenden Autos hindurch.

Die Gare Saint-Lazare war überfüllt.

Es war kurz nach achtzehn Uhr.

Lyon, Brigadier Marceau, Commissaire Garance, die Wohnung in der Rue Pouteau, das Blut in der Küche, das Schlafzimmer von Torsten Meyer, die auf dem Parkett verstreuten Fotos … all das wirkte jetzt wie ein ferner Traum auf sie. Aber ein Albtraum, der bewirkte, dass sie seit diesem Morgen in einem Paralleluniversum lebte.

Das Foto. Das Foto. Das Foto.

Der Zug nach Rouen war ein alter Intercity. Er kam mit Verspätung in Rouen an. Christine brauchte unbedingt Beruhigungstabletten. Sie betrat eine Apotheke, die gerade schließen wollte, und zog ein Rezept aus ihrem Portemonnaie hervor.

»Sie haben die drei Schachteln, die Ihnen verschrieben wurden, bereits erhalten, Sie müssen also erneut Ihren Arzt aufsuchen, Madame.«

Die Apothekerin gab ihr das Rezept zurück, aus ihrem Blick sprach zugleich Ungeduld und Verachtung für diese legale Drogenabhängige, plus eine Spur Sadismus.

»Hören Sie, Sie müssen mich verstehen, ich bin auf Dienstreise, und …«

»Nein, Madame, das kann ich nicht.«

Christine Steiner seufzte, holte ihren Polizeiausweis heraus und blickte sich kurz um, um sicherzugehen, dass keine anderen Kunden da waren.

»Jetzt hör mir mal gut zu, du blöde Kuh. Ich bin Polizistin und habe einen verdammt harten Tag hinter mir. Wenn du mir nicht sofort gibst, was ich haben will, dann bekommst du richtig Ärger. Das ist ziemlich einfach, weißt du …«

Die Apothekerin wurde so weiß wie ihr Kittel. Sie war nicht gewohnt, dass jemand in diesem Ton mit ihr sprach. Im Blick dieser Polizistin lag jedoch etwas Bedrohliches. Kommentarlos gab sie ihr das Röhrchen mit den Tabletten.

Kaum draußen, schluckte Christine zwei und winkte ein Taxi heran, das sie in wenigen Minuten auf die andere Seine-Seite brachte, in die Wohnung von Petra Steiner. Durch den abgestandenen Geruch wirkte sie noch altmodischer als ohnehin schon. Seit Christine Mitte der 90er Jahre nach der Polizeihochschule für ihr Aufbaustudium nach Paris gegangen war und sich anschließend für die Laufbahn als Commissaire beworben hatte, hatte sich hier nichts verändert.

Dabei drängte sich ihr der Gedanke auf, dass die Wohnung ihrer Mutter genauso unpersönlich war wie ihre eigene, auch wenn sie altmodischer eingerichtet war. Sie drehte Wasser und Strom auf, setzte sich auf die alte, beigefarbene Couch mit Blick auf den Flachbildschirm, das einzige moderne Element in diesem Zimmer. Sie dachte nach. Die Beruhigungsmittel hatten sie entspannt. Ihr Gehirn begann wieder zu funktionieren.

Da war das Foto, das sie in Lyon gefunden hatte. Da war der Selbstmord ihrer Mutter. Gab es da einen Zusammenhang? Aber welchen? Sie sah keinen.

Petra Steiner hatte sich aus dem Fenster gestürzt. Klar, sie war schon immer depressiv gewesen, klar, da war immer diese Melancholie in ihren graublauen Augen. Aber soweit Christine sich erinnerte, hatte sie nie einen Selbstmordversuch unternommen. Weil es Christine gab.

Wie oft hatte ihre Mutter ihr übers Gesicht gestreichelt und mehrmals hintereinander gesagt: »Zum Glück habe ich dich, *Püppchen*.« Püppchen, das war der Kosename ihrer Mutter für sie. Selbst als Christine erwachsen war, nannte ihre Mutter sie noch so. Auch bei ihrem letzten Telefonat, wenige Tage bevor Christine beschloss, Boulinier in der Somme-Bucht zu verhaften. Dieser Kosename war das einzige Überbleibsel aus der deutschen Vergangenheit ihrer Mutter. Nichtsdestotrotz war Christine sauer auf ihre

Mutter. Petra hatte all ihre Kraft in ihre fordernde Tätigkeit als Krankenschwester investiert. Sie war, so sagten ihre Freundinnen, eine großartige Pflegerin, mit großem Feingefühl. Aber wenn sie einen ihrer Zusammenbrüche hatte, dann musste »Püppchen« am Ende die Scherben auffegen.

Als Christine in Rouen die Formalitäten für Petras Beerdigung erledigt hatte, traf sie auch den Psychiater, bei dem ihre Mutter in Behandlung gewesen war. Er wirkte ziemlich überrascht über diesen Selbstmord. Christine dachte in dem Moment nicht weiter darüber nach, sie hatte genug mit ihrem Kummer zu tun, mit Cazals Tod und ihrer Suspendierung nach der Boulinier-Affäre. Aber der Psychiater hatte ihr gesagt, dass Petra Steiners Behandlung in den letzten Monaten eigentlich gut angeschlagen hätte und er sich diese brutale Art und Weise, aus dem Leben zu scheiden – durch einen Sturz aus dem vierten Stock –, nicht erklären konnte, zumal sie viel einfacher eine Überdosis Schlaftabletten hätte nehmen können.

Während Christine vor dem Flachbildschirm saß und mit dem Finger durch den Staub fuhr, der sich auf dem Couchtisch angesammelt hatte, fragte sie sich, ob es nicht einen Auslöser gegeben hatte, irgendetwas, das Petra dazu getrieben hatte, ihrem Leben ein Ende zu setzen.

Etwas, das mit ihrer deutschen Vergangenheit zusammenhing, über die ihre Mutter nie sprach, diese Vergangenheit, die in der Wohnung von Torsten Meyer so unvermittelt aufgetaucht war, und auf die Christine dort niemals gestoßen wäre, wenn der Große Chef ihr nicht die Chance gegeben hätte, sich zu rehabilitieren, ob nun aus Nettigkeit oder aus Nostalgie.

Sie begann, die Wohnung noch einmal systematisch zu durchsuchen, fand dabei die blaue Mütze mit dem roten Stern wieder, auf der innen auf einem Etikett stand »Made in Germany«. Sie verglich sie mit dem Foto.

Es war wirklich dieselbe.

Aber sie fand keinen weiteren Hinweis in der Wohnung.

Sie ging noch einmal in ihr Jugendzimmer. Sie betrachtete die Poster der Bands, die sie damals gehört hatte, besonders das mit dem Cover des Albums *Nevermind* von Nirvana.

Irgendetwas fehlte.

Das MacBook, das sie ihrer Mutter geschenkt hatte, und das dort normalerweise stand. Es war nur noch das Ladekabel da.

Petra hatte es nur für ihre E-Mails genommen. Auch ihr antikes Handy benutzte sie selten, ein schlichtes Modell, in dem sie nur wenige Kontakte gespeichert hatte, wie Christine einmal festgestellt hatte: Ihre Nummer, die ihres Arztes und die von ein paar Freundinnen.

Wo war also dieser Laptop geblieben?

Sie durchsuchte zwei Stunden lang die Wohnung, die nicht besonders groß war. Sie ging sogar in den Keller, auch wenn das eine ziemlich abwegige Idee war. Beim Anblick des Dreirads, das sie zum dritten Geburtstag bekommen hatte, stiegen ihr die Tränen in die Augen.

Wo war dieser verdammte Laptop geblieben?

Gerade dachte sie, dass es keinen Sinn machte, sich so aufzuregen, und dass sie sehr müde war, dann fand sie ihn plötzlich. Er steckte in einem Zeitschriftenständer neben der Couch. Komisch, dass Petra ihn da hingetan hatte. Offenbar hatte sie ihn nochmal zur Hand genommen, als sie auf der Couch saß, und dann dort gelassen, zwischen einer alten *ELLE*-Ausgabe und einem Magazin von der Rentenkasse, und sich nicht die Mühe gemacht, ihn wegzuräumen, dabei war sie sonst so ordnungsliebend.

Christine startete den Mac, der fast keinen Akku mehr hatte, mit einem ungutem Gefühl. Sie brauchte nicht lange zu suchen. Die letzte Mail, die ihre Mutter am Tag ihres Selbstmords erhalten hatte, war auf Deutsch.

Der Absender war ein gewisser Wolfgang Sonne.
Wolfgang.
Derselbe Vorname wie auf dem Foto.

***

Ihr erster Gedanke war, dass sie trotz des Widerstands ihrer Mutter hätte Deutsch lernen sollen.

Ihr zweiter Gedanke, dass Wolfgang Sonne wahrscheinlich ihr Vater war.

Ihr dritter, dass dieser Hurensohn auf die eine oder andere Art verantwortlich für den Tod ihrer Mutter war, und höchstwahrscheinlich auch für das traurige, deprimierende Leben, das sie geführt hatte, das allein durch ihr »Püppchen« ein wenig aufgehellt wurde. Ihr »Püppchen« Kristina, als ihre Mutter nach Frankreich kam, umbenannt in Christine.

Als sie nach Frankreich kam, oder dorthin geflohen war? Das war 1971. Da war Christine keine drei Jahre alt. Sie verfluchte die Tatsache, dass sie sich an nichts erinnern konnte. Sie hatte kein einziges Bild im Kopf, keine noch so vage Erinnerung, wie man sie manchmal an seine früheste Kindheit hatte.

Ihr erstes Bild war nur eine Momentaufnahme: Da fährt sie im Beauvoisine-Viertel, wo sie am Anfang wohnten, auf ihrem Dreirad eine abschüssige Straße hinab.

Sie atmete tief durch.

Die Mail war nur wenige Zeilen lang. Ihr Vorname tauchte darin auf.

Kristina.

Sie brauchte drei Anläufe, so sehr zitterte sie, um sie zu kopieren und bei Google Translate einzufügen.

Dann las sie, mit trockenem Mund.

Das Französisch klang so stockend wie bei einer Person,

die einen Schlaganfall erlitten hatte, eine seltsame Syntax, Worte in der falschen Reihenfolge, unbekannte Begriffe ...

Aber es genügte, um zu verstehen, worum es ging.

Wolfgang Sonne entschuldigte sich für ein fast fünfzig Jahre währendes Schweigen. Er hatte Petras E-Mail-Adresse in einem Adressverzeichnis für Krankenschwestern gefunden, die an der CHU in Rouen arbeiten. Wolfgang Sonne hatte sich daran erinnert, dass Petra mal einen Sprachkurs in dieser Stadt gemacht und diese in guter Erinnerung behalten hatte. Und da sie, als sie Deutschland verließ, ihre Ausbildung als Krankenschwester beendet hatte, sagte Wolfgang Sonne sich – dieses Arschloch hätte einen guten Bullen abgegeben –, dass sie möglicherweise in Rouen gearbeitet hatte, und immer noch dort lebte. Er bereute, wie er sich damals verhalten hatte. Wolfgang Sonne fühlte sich alt, dem Tode nah. Wolfgang Sonne hätte gerne gewusst, was aus ihrer Tochter geworden war, der kleinen Kristina. Er verstand, wenn sie ihm nicht antworten wollte.

Wolfgang Sonne war vor allem ein Arschloch, ein riesengroßes Arschloch.

Christine Steiner, seine Tochter, fühlte, wie eine Panikattacke in ihr hochkam. Sie wühlte in ihrer Handtasche, fand die Beruhigungstabletten, nahm eine, sah den Griff ihrer Waffe und nahm sie automatisch an sich, bevor sie ins Badezimmer stürzte.

***

Deshalb saß Commissaire Steiner jetzt nackt und weinend auf den Fliesen, mit ihrer Waffe neben sich.

Auf einmal überkam sie eine große Ruhe.

Die Dinge erschienen ihr geradezu gestochen klar.

Sie wusste genau, was sie tun würde. Sie hatte ihren

Polizistinnen-Instinkt wiedergefunden. Sie stand auf, benetzte ihr Gesicht mit kaltem Wasser und zog sich den Bademantel über, der an der Tür hing, der Bademantel ihrer Mutter, der nach ihrem Parfüm roch.

Sie musste planmäßig vorgehen.

Die Tatsache, dass sie dieses Foto bei Torsten Meyer gefunden hatte, war ein klarer Beleg dafür, dass Wolfgang Sonne und ihre Mutter Teil der linksextremen Bewegung der 60er/70er Jahre in Deutschland gewesen waren.

Von ihrem jetzigen Plan durfte die DGSI auf keinen Fall etwas mitbekommen. Sie musste also den Großen Chef beruhigen, der ihr unendlich viele Nachrichten auf dem Smartphone hinterlassen hatte.

Sie atmete einmal tief durch und rief ihn unter seiner Privatnummer an.

Beim fünften Klingeln, als sie gerade überlegte, was sie ihm für eine Nachricht hinterlassen sollte, nahm er ab.

»Um Gottes willen, Christine, was treibst du denn? Ich komme um vor Sorge. Die in Lyon haben nicht kapiert, was los war. Du bist wie von der Tarantel gestochen einfach abgehauen. Ich musste Garance erklären, dass es dir gerade nicht gut geht ...«

»Stimmt, es geht mir nicht gut. Aber das wird schon wieder.«

»Wo bist du denn? Ich habe jemanden zu dir nach Hause geschickt, aber der kam unverrichteter Dinge zurück.«

»Ich bin bei meiner Mutter, in Rouen.«

Schweigen am anderen Ende.

»Ich verstehe. Gibt es da irgendeinen Zusammenhang zu dem ehemaligen RAF-Mitglied, das in Lyon erschossen wurde?«

Verdammt, dachte Christine. Der Große Chef war definitiv ein großer Bulle. Intuitiv, schnell. Das bedeutete, sie musste taktieren.

»Nein, das glaube ich nicht. Ich hatte nur eine Panikattacke. Siehst du, es ist also richtig, dass du mir eine Zwangspause verordnet hast. Ich habe es im Moment echt nicht im Griff...«

»Nimm dir so viel Zeit, wie du brauchst, Christine. Aber es würde mich beruhigen, wenn du mich regelmäßig anrufst. Und wenn du morgen die Psychologin aufsuchst.«

»Einverstanden.«

»Versprochen?«

»Versprochen.«

Er legte auf.

***

Sie verbrachte eine erstaunlich ruhige Nacht unter den Blicken des Babys von *Nevermind*. Morgens fand sie die CD und hörte sie ununterbrochen, während sie im Internet über Wolfgang Sonne recherchierte.

75 Jahre alt.

Immer noch die gleiche Visage wie auf dem Polaroid, nur fünfzig Jahre älter.

Die langen Haare und der Bart auf dem Foto waren einem grauen Kurzhaarschnitt und einem sorgfältig gestutzten, grau melierten Schnurrbart gewichen. Der Blick war gleich, die Nase war gleich und auch das Grübchen am Kinn, das, wie Christine einräumen musste, ihnen gemeinsam war und eine gewisse familiäre Ähnlichkeit erkennen ließ... Nicht ganz so überzeugend wie ein Vaterschaftstest, aber fast.

Es gab keinen Wikipedia-Eintrag über Wolfgang Sonne, aber ein Twitter-Profil und einige Verweise auf deutsche Presseartikel. In seinen Posts setzte er sich für Flüchtlinge ein und beklagte den Aufstieg der Rechtsextremen. Er erhielt seit einigen Jahren Morddrohungen. Er war daran gewöhnt, Kontra zu bekommen. Es gab mehrere YouTube-Auftritte mit ihm, insbesondere auf einem regionalen Kanal in Sachsen. Christine verstand zwar kein Wort von dem, was er sagte, aber es waren oftmals zeitgeschichtliche Sendungen über die RAF und die bleierne Zeit. Im Hintergrund wurden Fotos von Baader und Ensslin eingeblendet, während im Studio heftig diskutiert wurde. Sonne hatte eine arrogante Ruhe, ein ironisches Lächeln, das Christine unerträglich fand.

Mittags aß sie in einer Brasserie am Vieux-Marché. Dann kaufte sie sich Klamotten. Jeans, einen Leinenblouson und Unterwäsche, in einem Laden in der Rue du Gros-Horloge, einem der wenigen Geschäfte, die am Sonntag geöffnet hatten.

Anschließend ging sie ins Kino und sah sich eine französische Komödie an, die vollkommen uninteressant war, wie die meisten französischen Komödien. Sie schaute nur halb hin und spielte dabei diverse Szenarien durch, die immer gleich endeten: Sie hielt die Waffe auf Wolfgang Sonne gerichtet und schoss ihm den Kopf weg.

Gegen sieben Uhr rief sie Commissaire Paul Villanova vom Hauptsitz der Interpol in Lyon auf dem Handy an.

»Paul, ich habe da mal eine Frage…«

Lange Stille, dann ein Seufzer.

»Heute ist Sonntag, Christine. Ich bin gerade mit meiner Familie zusammen. Du hast vielleicht Nerven…«

»2015 in Bamako, das war auch ein Sonntag. Weißt du noch? Ich erinnere dich jetzt nicht daran, was du mir alles verdankst. Ich würde sagen, ohne mich hätte deine Karriere ein jähes Ende gefunden…«

Erneute Stille.

»Was willst du, Commissaire Steiner? Und merk dir bitte, dass wir danach quitt sind. Nach allem, was man hört, bist du bei der DGSI nicht mehr besonders gut angesehen.«

»Lass das meine Sorge sein. Ich möchte eine Adresse, wahrscheinlich in Sachsen, Deutschland. Wolfgang Sonne. 75 Jahre alt.«

»Hat das was mit der Sache zu tun, die gestern in unserer schönen Stadt Lyon passiert ist? Der Mord an ... wie hieß er noch? Torsten Meyer.«

»Falls dich jemand danach fragt, sagst du, du weißt es nicht. Du findest diese Adresse für mich, und zwar diskret. Sollte das irgendwie durchsickern, werde ich dir wegen deiner sehr eigenwilligen Auslegung der Polizei-Kooperation zwischen Frankreich und Mali die Hölle heißmachen. Zumal ich da noch einen Tipp für deine Vorgesetzten hätte, sie sollen mal bei Kilometer 320 an der Straße von Bamako nach Gao ein bisschen buddeln ...«

»Schon gut, schon gut, ich sage es dir morgen.«

»Morgen?«

Erneutes Seufzen.

»Du hast es in aller Frühe.«

Villanova hielt Wort.

Um 8.45 Uhr hatte Christine eine Adresse.

Sogar zwei Adressen. Eine in der Innenstadt von Leipzig. Eine zweite in der Umgebung. Ein kleines Haus, in der Nähe einer Kiesgrube, wie Google Maps ihr verriet.

Wenn dieses Arschloch Wolfgang Sonne dort sein sollte, weit ab vom Schuss, wäre das fast zu schön, um wahr zu sein.

Du fragst dich, was aus der kleinen Kristina geworden ist, Papa? Na, stell dir vor, deine kleine Kristina kommt ... und sie ist gar nicht glücklich.

VIERTES KAPITEL

»Wo warst du?« Elke saß im Bett. Das Licht war aus.

»Ich konnte nicht schlafen.«

»Ist das eine Antwort auf meine Frage?«

Als er noch überlegte, was er erzählen sollte und was lieber nicht, knipste sie das Leselicht auf dem Nachttisch an. »Ich war unten und du warst nicht im Haus.«

»Ich konnte nicht ...«

»Das hast du schon gesagt.«

»Ich war drüben.«

»Drüben ...«

»Bei den Fassbenders.«

»Wars schön? Hast du mit ihnen ein Bier getrunken?«

»Es war keins mehr da«, sagte Wolfgang. Dann erzählte er ihr von dem Türrahmen und den dort eingeritzten Autokennzeichen. Während er redete, stand Elke auf, zog sich eine dünne Weste über und kam langsam auf ihn zu. Doch bevor sie ihn erreicht hatte, drehte sie sich um, ging zurück zum Nachttisch und knipste die Lampe wieder aus. Dann stellte sie sich ans Fenster. Das Schlafzimmer war der einzige große Raum im Obergeschoss und hatte Fenster in drei Richtungen. Sie stand so, dass sie das Wäldchen zur Straße und die Zufahrt beobachten konnte.

Als Wolfgang zu Ende geredet hatte, ging er zu ihr, stellte sich hinter sie und legte die Arme um sie. »Was siehst du?«, fragte er.

»Nichts«, sagte sie.

»Aber da ist der Wald.«

»Ja …«

»Und der Weg.«

»Ja …«

»Und da steht keiner.«

»Aber da hat einer gestanden.«

»Ich glaube dir ja.«

»Glaubst du mir, weil du meine Wahrnehmungen schätzt oder weil du bei den Fassbenders warst und diese Sachen gesehen hast?«

Wolfgang wusste, dass es falsch wäre, nicht sofort zu antworten. Er spürte, wie sich Elkes Körper anspannte, bevor er redete. »Sagen wir so. Ich habe dich vorhin schon ernst genommen. Sonst hätte ich ja gut einschlafen können. Aber nachdem ich die Kennzeichen gesehen habe …«

»Aber was hat das eine mit dem anderen zu tun?« Wolfgang konnte jeden einzelnen von Elkes Muskeln spüren, während sie redete.

»Na, wenn da einer gestanden hat, vielleicht …«

»Das meine ich nicht. Hast du eben noch gedacht, dass ich spinne, als ich über diese Gestalt geredet habe?« Elke löste sich aus seinen Armen.

»Nein. Natürlich nicht.«

»Aber du hast die Hieroglyphen bei den Fassbenders gebraucht, um …«

»Nein, Elke. Ich habe dich vorher auch ernst genommen. Ich habe ja deshalb nicht einschlafen können. Und jetzt bin ich noch etwas mehr beunruhigt als vorher. Mach bitte keine große Sache daraus. Denkst du, dass da immer noch jemand steht?«

»Es ist mitten in der Nacht.«

»Wir können nachsehen«, sagte Wolfgang und dachte: bloß nicht.

»Nachsehen?« Elke stellte sich jetzt so an den Rand des Fensters, dass ihr Körper hinter der Wand verborgen war. »Und was, wenn da tatsächlich jemand ist?«

Als Wolfgang nicht antwortete, sagte sie: »Scheiße. Die Eisen. Funktionieren die denn noch?«

»Die werden ja nicht schlecht. Und das extra native Olivenöl, das dein Bruder importiert, wird ausnahmsweise schon helfen, die Mechanik ...«

»Mach keine Witze.«

»Kein Witz. Aber willst du echt rausgehen? Wenn sie wirklich die Tür beobachten, dann ...«

»Wir gehen hinten raus«, sagte Elke. »Zieh dir was Schwarzes an.«

Als sie die Tür nach hinten raus öffneten, war es achtzehn Minuten nach zwei. Sie trugen beide schwarze Jeans und schwarze T-Shirts. Wolfgang hatte einen Blouson angezogen, Elke trug eines von Wolfgangs Hemden darüber.

So konnten sie die Waffen hinten im Hosenbund verbergen, wenn nötig. Erst mal aber hielten sie sie in den Händen.

An der Hecke der Fassbenders vorbei marschierten sie zu den verbliebenen Reihen der Birken zwischen den Häusern und der Kiesgrube, und dann weg von den Häusern, parallel zur Straße. Wolfgang wusste, dass sie mit der Kleidung selbst im Dunkeln zwischen den Birken gesehen werden konnten. Aber die Nacht war nicht hell, und sie vertrauten darauf, dass sie aus dem Wald an der Straße heraus nicht gesehen wurden. Wenn da jemand stand, achtete er auf ... das Haus? Ihr Haus?

Wenn da jemand stand.

WENN.

Zweifele nicht schon wieder, dachte er, als sie zwischen den Birken stehen blieben. Sie stierten über die Lichtung wie Flüchtlinge über den Fluss, hinter dem die Grenzer lauern. Nur waren sie hier bewaffnet.

»Lass uns ganz ruhig da rübergehen«, sagte er. »Klarer Fall von seniler Bettflucht. Wir können einfach nicht schlafen. Die Dinger sollten wir aber verstauen.«

Auf der anderen Seite der Lichtung verharrten sie erneut. Zu sehen gab es nichts.

Zu hören nicht viel. Irgendeine Eule beschwerte sich über ihr nächtliches Engagement. Ein Kleinlaster, dem Motor nach, rollte über die Straße. Feines Getrappel irgendwo im Unterholz, vier Beine, ganz sicher nicht von einem Menschen. Er hatte immer noch ein feines Gehör für seine scheiß 75 Jahre. Manchmal konnte er es nicht fassen, dass er schon so alt war. Viele, die er kannte, gekannt hatte, waren jünger gestorben, umgelegt worden oder hatten selbst Hand an sich gelegt. Und ihm ging es ja gut. Er konnte laufen, schreiben, in Maßen saufen, und bis zuletzt hatte er auch noch einen Ständer gekriegt, wenn er wollte. Naja, das war ein Problem von morgen.

Aber sein Gehör war wirklich immer noch gut, trotz des leichten Tinnitus. Und er nahm den Wagen wahr, der sich näherte. Er beugte sich zu Elke herab, die gleichmäßig atmete und tat, was sie verabredet hatten zu tun. Erst mal nichts. Sie hörte den Motor nicht.

Er nun auch nicht mehr.

Die Häuser hier lagen gut einen Kilometer entfernt vom nächsten Dorf. Anlass zu halten gab es keinen. Da war ein Trafohäuschen in der Nähe, aber das wurde nachts nicht bespielt. Der Hochsitz auf der anderen Seite der Straße lag am Rand eines Ackers, aber für den Jäger war es zu früh. Und trotzdem hatte da irgendwo ein Wagen gehalten.

Nah.
Zu nah.

Jetzt war das Getrappel des Vierbeiners wieder zu hören. Er entfernte sich. Dann auch wieder der Motor. Wolfgang tippte Elke an, die nickte. Jetzt wusste sie es auch.

Es war ein PKW, und ein modernes Auto. Keine alte Schüssel. Wolfgang tippte Elke erneut auf die Schulter, aber sie hatte die Lichter ebenfalls gesehen. Da lagen sicher 50 Meter zwischen ihnen und der Landstraße, aber sie konnten genau sehen, wie sich die Lichter näherten.

Sie bewegten sich langsam in ihre Richtung. Viel zu langsam für seinen Geschmack. Dann gingen sie plötzlich aus.

Der Motor allerdings war noch zu hören.

»Die Zufahrt«, flüsterte Elke kaum hörbar. Als ob die Leute in dem Wagen mitkriegten, was sie hier redeten. Der Wagen rollte langsam durch das Wäldchen auf die Lichtung und auf die drei Häuser zu.

»Ich hab's doch gesagt.« Elke packte seine Hand und zog ihn langsam zurück. Sie hielten sich hinter der ersten Baumreihe verborgen, aber Wolfgang war sich sicher, dass sie aus dem Wagen heraus nicht bemerkt werden konnten. Mischwald hier, keine Birken.

Der Motor war jetzt aus. So wie die Lichter. Also blieben sie auch stehen.

Sie waren kaum zwanzig Meter entfernt von der Zufahrt. Und dem Auto. Es war ein normaler Wagen, Wolfgang kannte sich da nicht so aus. Vier Türen, ein Buckel, die Farbe vielleicht irgendein helles Grün. Leute waren im Innenraum nicht zu erkennen.

Er drehte sich zu Elke, die mit den Schultern zuckte. Dann griff sie hinter sich und holte die Waffe hervor. Bevor sie die Dinger vergraben hatten, war es ihm wichtig gewesen, dass Elke mit ihnen umgehen konnte. Man konnte ja nie wissen, wofür das mal gut sein konnte. Jetzt hielt sie ihre in der rechten Hand und wies auf den Wagen.

Aber was sollten sie tun? Sie konnten die Karre ja nicht einfach unter Feuer nehmen, nur weil sie sich mitten in der Nacht durch die Gegend bewegte. Sie waren keine Bullen. Die konnten das, die nannten das dann putativ.

Erst schießen und dann die Fragen stellen.

Eine Tür wurde entsichert. Es war nicht die Beifahrertür, die, auf die sie blickten.

Langsam wurde die Fahrertür geöffnet, ohne dass jemand ausstieg. Wolfgang hörte genau hin. Redeten die miteinander? Aber da war kein einziges Wort zu vernehmen. Und das Licht im Innenraum blieb aus.

Dann war leise Bewegung im Auto. Eine Person stieg aus und stellte sich so, dass sie sich auf die Kante der offenen Tür lehnte.

Gegen das Weiß des Röder-Hauses meinte Wolfgang den Kopf einer dünnen Frau zu erkennen. Kurzes Haar, leicht wellig, mehr war beim besten Willen nicht wahrzunehmen.

Ohne die Füße zu bewegen verschob er seinen Körperschwerpunkt und blickte um den Baum herum, hinter dem sie standen. Das Kennzeichen des Wagens irritierte ihn. Auf dem weißen Untergrund meinte er eine Kombination aus Buchstaben, Zahlen und wieder Buchstaben zu sehen. In dieser Reihenfolge. Er hatte seine Brille auf der Nase, aber er konnte nicht scharf genug stellen, um das Kennzeichen zu lesen.

Ganz rechts, am Rand, da war noch ein dunkles Segment auf dem Kennzeichen. War das ein französisches Nummernschild?

Elke und Wolfgang nahmen den gleichen Weg zurück. Durch das Wäldchen ein Stück, dann über die Lichtung, zwischen den Birken hindurch bis auf die Höhe ihres Hauses, kurz warten und zum Hintereingang.

Nachdem die Frau ein paar Minuten lang auf die Tür gelehnt in Richtung der drei Häuser geschaut hatte, war sie wieder eingestiegen. Also hatten sie sich sicher genug gefühlt, den Rückweg anzutreten, denn im Auto, mit der geschlossenen Tür, würde sie ihre Schritte auf dem Waldboden nicht hören können.

»Langsam«, sagte Wolfgang, als er die Tür von innen geschlossen hatte. »Ich meine ... Sei vorsichtig. Kein Licht.«

Elke drehte sich um. Fragend, ohne Worte. Auch ohne Licht erkannte Wolfgang ihre Körpersprache. Sie formulierte, dass sie daran auch gedacht hatte. Ohne Worte.

»Sie steht so, dass sie direkt auf unser Haus guckt«, sagte Wolfgang.

»Das sehe ich doch auch. Aber sie ist allein. Oder?«

»Sonst hätte sie irgendwas gesagt.« Er folgte Elke in den Vorraum und zum Fenster neben dem Eingang. Der Vorhang gab nur einen dünnen Spalt frei. Sie stellte sich so, dass sie hindurchgucken konnte, ohne den Vorhang anzurühren.

»Und?«, fragte er.

»Nichts. Durch die Windschutzscheibe sehe ich gar nichts. Sie könnte gerade auch irgendwo rumlaufen.« Elke griff hinter sich in den Hosenbund und holte die Waffe heraus.

»Du willst jetzt aber nicht raus und nachgucken.«

»Ich will das Ding loswerden.«

Sie drehte sich um und ging zur Spüle neben der Hintertür. Sie verstaute die Waffe hinter dem Mülleimer im Spülschrank. Dann blieb sie wortlos stehen.

»Und was hat das jetzt damit zu tun, dass du im Wald jemanden gesehen hast?«, fragte Wolfgang.

»Du glaubst mir immer noch nicht.« Elke, die Stimme leise.

»Würde ich sonst fragen?«

»Ich spinne doch nicht.«

»Sag ich das?« Wolfgang fand, dass sie jetzt wirklich übertrieb. »Du bist irgendwie nervös«, sagte er und wusste noch während er redete, dass sie es nicht gut aufnehmen würde.

»Nervös?« Elke drehte sich um und gestikulierte ohne rechten Ausdruck. Sie suchte nach Worten.

»Wir werden im Internet bedroht, weil du immer denselben Blödsinn schreiben musst. Wir verlieren unser schönes Haus. Draußen lungern irgendwelche Leute rum und beobachten uns. Und ich bin nervös? Was für eine Macho-Scheiße.«

»Wieso beobachten die uns?«

»Woher soll ich das wissen?«

Jetzt fing sie auch noch an, ihm die Worte im Mund umzudrehen. Natürlich war das eine blöde Frage gewesen. »Ich meine«, sagte er, »woraus schließt du, dass wir es sind, die beobachtet werden?«

»Die Frau steht vor unserem Haus.«

»Sie hat sich verfahren. Sie hat ein französisches Kennzeichen. Glaube ich jedenfalls.« Petra fiel ihm ein. In Rouen. Er hatte sie gesucht, online, in den letzten Wochen. Aber die Frau in dem Wagen war viel jünger. Petra konnte das nicht sein. Und Elke hatte er von der Suche nichts erzählt.

Aber man erzählt eben nie alles.

»Wenn sie sich verfahren hat, bleibt sie vielleicht an einer Tankstelle stehen.« Er konnte Elkes Kopfschütteln im nächtlichen Restlicht deutlich sehen. »Aber doch nicht hier. Mitten im Wald. Frauen machen das nicht. Nicht mitten in der Nacht. Das weißt du aber auch selbst.«

Sie hatte ja recht. »Aber ich muss nicht erklären, was die Dame da draußen macht. Ich muss es nicht verstehen. Ich muss es nicht einmal versuchen. Auch nicht mitten in der Nacht.«

An der Vordertür war ein lautes Klopfen zu hören. Drei Mal. Mit Pausen zwischen den drei Tönen. Tock.

Tock.

Und noch einmal Tock.

Und das mitten in der Nacht.

Elke öffnete die Hände und hob das Kinn. Ihr Körper eine Was-soll-das-Frage. Im Dunkeln gut zu sehen gegen das fahle Licht, das von irgendwo hinter der Kiesgrube kam und durch das Fenster fiel.

Wolfgang merkte, dass er das Maul weit aufgesperrt hielt. Schloss es, schüttelte den Kopf.

Tock.

Pause.

Tock.

Noch eine Pause. Noch länger. Tock.

Autoritativ.

Nicht abwartend. Kein vorsichtiges Klopfen, das fragte: Ist da möglicherweise jemand? Auch kein hektisches, das Hilfe suchte.

Beide rührten sich nicht.

Tock, tock.

»Jedenfalls ist das nicht der Typ vom Abend«, sagte Wolfgang.

»Die spinnt doch.« Elke. Ganz leise.

»Eins haben wir ihr voraus.« Wolfgang zeigte auf den Spülschrank. »Wir sind bewaffnet. Ich gehe jetzt mal zur Tür. Hol doch das Ding wieder raus.«

»Mach aber vorher das Licht an.« Elke redete lauter als bisher und machte sich am Spülschrank zu schaffen.

Wolfgang hielt die Hand über den Lichtschalter, als es erneut klopfte. Tock. Pause. Tock.

Die Entschlossenheit hinter der simplen Aktion erstaunte ihn. Es war nicht mehr als das Klopfen von Fingerknochen auf einer Holztür.

Tock. Pause. Tock.

Aber es war anders als alles, was er kannte. Oder erwartete, ja, besser: erwartete. Es passte nicht zur Uhrzeit. Die Sicherheit, die hinter der Bewegung zu vernehmen war, die war es, was ihn irritierte. Du klopfst irgendwo an, im Dunkeln, zu einer Zeit, wenn normale Leute schlafen, und du probierst es vorsichtig. Dreimal leise, einfach um zu sehen, ob sich irgendetwas tut.

Tock. Pause. Tock, tock.

Elke stand mittlerweile hinter ihm. »Worauf wartest du?«

Wolfgang hob die freie Hand. Die andere lag immer noch auf dem Lichtschalter.

Dann probierst du es vielleicht noch einmal. Erneut drei Mal, etwas lauter nun. Du wartest höflich, nachdem du dich noch einmal angemeldet hast. Vielleicht ist niemand zu Hause. Oder alle, die da sind, schlafen tief und fest. Oder niemand will dir öffnen. Es ist eben mitten in der Nacht, und wer will da schon einem Fremden öffnen.

Oder einer Fremden. Sie wussten ja schon etwas über die Person an der Tür. Tock. Pause. Tock, tock, tock.

Oder eben die ganz andere Nummer. Panik, Hilfe, nackte Angst. Nazis sind hinter dir her. Oder die Bullen. Oder alle zusammen. Kurz musste Wolfgang grinsen. Manche Reflexe bleiben bestehen.

»Mach doch«, sagte Elke. Er hob erneut die freie Hand.

Aber diese Frau, es war völlig klar, dass es die dünne Frau aus dem Wagen war, den sie eben gesehen hatten, diese dünne Frau war weder unsicher und suchend noch krank vor Panik.

Tock, tock. Pause. Tock, tock, tock.

Und dabei hatte er einen Faktor noch gar nicht so recht gewichtet. Hinter der Sicherheit der Hand beim Klopfen stand ja auch das Wissen darum, dass hier jemand im Haus war. Woher nahm sie das?

Zur gleichen Zeit knipste Wolfgang das Licht an und legte die andere Hand auf den Rücken. Nicht direkt auf die Waffe, aber auf die Ausbeulung im Blouson. Sie hatten immerhin diesen einen Vorteil.

Er machte es umständlich. Zuerst drehte er den Schlüssel in die falsche Richtung. Jetzt war abgeschlossen. Dann bewegte er ihn zurück in die Ausgangsposition. Es sollte sich anhören, als sei doppelt verriegelt gewesen. Die Frau da draußen musste wissen, dass hier nichts selbstverständlich war. Schon gar nicht, wenn um diese Zeit jemand die Tür öffnete. Sie waren alte Leute, und das hier war Deutschland. Die Deutschen waren eben vorsichtig. Langsam drückte er die Türklinke. Dann zog er sie einen Spalt auf, nur einen kleinen, und blickte nach draußen.

Viel mehr als den Umriss der dünnen Frau sah er nicht. Aber er spürte die Tür an der Schulter, als sie ihm entgegengeflogen kam. Durch den ersten Tritt, laut und brutal zu vernehmen, flog er mit dem Rücken an die dünne Wand, die den Eingangsbereich von der Küche trennte. Das Alter, dachte er, als er den Schmerz an Rücken und Hüfte spürte. Das Eisen im Hosenbund jagte ihm Wellen der Pein durch den Leib.

Der zweite Tritt kam unmittelbar darauf. Da er nicht mehr im Weg stand, rauschte die Tür mit der Klinke in die Wand. Und Wolfgang ahnte mehr als es zu sehen war im Übergang von Licht und Dunkel, dass die dünne Frau eine Pistole vor sich hielt, als sie ohne die Stimme zu erheben »*Restez calme!*« sagte.

Ganz ruhig, sagte sie ganz ruhig, als er Elke keuchen hörte. Wolfgang wusste, dass Elke ihre Waffe hinter dem Rücken in der Hand hielt. Wenn sie klug reagierte, würde sie sie ganz schnell hinten in der Hose verbergen.

Seitlich bewegte sich die dünne Frau ins Haus hinein. »Ihr geht jetzt mal in die Küche«, sagte sie. Sauberes Französisch. Er konnte es nicht regional zuordnen.

Als Elke sich herumdrehte, sah er, dass sie ihre Waffe nicht mehr in den Händen hielt. Gut. So konnten sie die Angreiferin im Unklaren lassen über ihre eigenen Möglichkeiten.

»Du auch«, sagte die Frau und wartete.

Er drückte sich von der Wand ab. Die Hände ließ er schön an der Seite. Von dem Schmerz, den der Aufprall an der Wand wegen der Waffe verursacht hatte, musste sie nichts wissen. Er hoffte, dass sie sich nicht abzeichnete unter dem schwarzen Blouson.

Sie blinzelte, als sie nach ihnen die Küche betrat. Aber sie bewegte sich ganz sicher. Dünn, sehnig, zu viele Kanten im Gesicht, zu wenig zu essen in den letzten Wochen. Sie hatte eine schlechte Phase hinter sich, und sie würde es an ihnen auslassen.

Aber warum?

Elke stand mit dem Rücken zur Spüle. Er mitten im Raum. Die Französin hob die Waffe und zielte auf seinen Kopf. Blue Jeans, Lederjacke aus den 90ern, Turnschuhe.

Beidhändig. Sie war eine Professionelle. Aber von Auftragskillern hörte man nur in schlechten Filmen. Oder gar Auftragskillerinnen.

Wer so etwas machte, wurde nicht öffentlich. Und was sie taten, blieb auch im Verborgenen. Darum ging es ja.

Aber was hier passierte, war ihm nicht klar. Was wollte sie ausgerechnet hier? Von ihm? Eine Frau aus Frankreich?

Bleib ruhig. Er hatte sich ein paar Mal vorgestellt, dass ihm im letzten Moment, diesem allerletzten, bevor es zu Ende ging, Bilder der Frauen, die er geliebt hatte, erscheinen würden. Elke natürlich. Aber auch all die anderen. Nur passierte das nicht. Erstaunlich, wie ruhig er war.

Soll sie doch schießen, dachte er.

Soll sie aber erstmal erklären, warum sie es tut. So viel Logik sollte schon liegen in seinem Ende.

Sie öffnete den Mund, atmete ein, sagte dann aber doch keinen Ton. Stattdessen schloss sie die Lippen wieder und zeigte ein Lächeln. Na, eher wurde es ein Grinsen.

Elke rührte sich nicht.

»*Wolfgohng.*« Die Frau sagte das beinah tonlos. Noch einmal etwas lauter. »*Wolfgohng.*«

Kurzer Blick rüber zu Elke, ohne den Kopf zu bewegen. Die war starr vor Schreck. Mehr sicher über den Namen, den die Frau gesagt hatte, als über die anhaltende Bedrohung. Die Pistole war immer noch auf seinen Kopf gerichtet.

Wolfgang war sich nicht sicher, ob er wollte, dass Elke nichts Dummes tat oder doch genau das versuchen sollte. Die dünne Frau schielte immer wieder kurz zu ihr hinüber, aber sie fokussierte weiterhin ihn. Gerade straffte sie ihren

Körper wieder und ließ die ausgestreckten Arme dann um ein paar Grad herab.

»Ich kann es nicht«, sagte sie.

»Was soll das?«, fragte Elke. »Wer sind Sie?« Ihr Französisch war nicht so gut wie sein eigenes.

Wolfgang atmete aus. Zum ersten Mal seit Minuten, das war sein Eindruck. Selbst die Waffe hervorholen, ihr zwischen die Augen schießen, und sie dann drüben bei den Fassbenders begraben.

Aber so schnell war er nicht mehr. War er nie gewesen. Das mit den Schießeisen hatte er ja immer nur als eine Notwendigkeit betrachtet, ohne selbst Freude daran zu haben, eins zu benutzen. Und die dünne Frau war sowieso schneller. Jetzt hob sie die Arme wieder, um sie gleich wieder ganz runterzunehmen.

Sie biss sich auf die Lippe. Da war ein Muttermal, nur ein paar Millimeter von ihrem Mundwinkel entfernt. Die Waffe steckte sie in die Tasche der Jacke. Blickte kurz zu Elke, dann ihm in die Augen. Lange, um wieder zu Elke zu blicken. »Er ist mein Vater«, sagte sie dann. Das *père*, das Vater meint, sehr offen gesprochen, fast mit Ekel.

»Wer?« Elkes Frage war nicht schlau, aber wer wollte es ihr in dieser Situation vorwerfen? Ihm fiel Rouen ein. Aber wie konnte das ...

»Er«, sagte sie zu Elke, ohne ihn anzublicken. Aber was konnte sie mit Petra zu tun haben?

»Wolfgohng ist mein Vater«, sagte die dünne Frau, als zur gleichen Zeit der Schuss zu hören war und das splitternde Fenster.

Die dünne Frau warf sich sofort zu Boden.

Elke folgte ihr recht schnell. Wolfgang ging langsam in die Knie, als noch ein Schuss ertönte und noch eine Fensterscheibe barst. Als er den Oberkörper einfach fallen ließ, sah er noch, wie die Besucherin vom Boden aus das Deckenlicht in der Küche löschte.

FÜNFTES KAPITEL

Dreißig Kilometer hinter Rouen, auf der Autobahn Richtung Amiens, stellte Commissaire Steiner fest, dass sie beschattet wurde.

Tatsächlich war das nicht besonders schwer. Sie fuhr einen apfelgrünen Opel Mokka. Die Sixt-Filiale im Bahnhof von Rouen hatte gerade keinen anderen Wagen zur Verfügung. Das Problem war nicht nur, dass die Farbe in den Augen wehtat, sondern vor allem, dass sie sehr auffällig war, das war nicht gerade ideal.

***

Dabei hatte der Vormittag, nachdem Villanova von Interpol ihr die gewünschten Auskünfte gegeben hatte, eigentlich gut begonnen.

In dem Moment hatte sich eine große, innere Ruhe in ihr breitgemacht, die nicht auf die Beruhigungsmittel zurückzuführen war. Die blinde und verzweifelte Lust auf Rache, die sie empfunden hatte, als sie von der Existenz Wolfgang Sonnes erfahren hatte, hatte einer gewissen Abgeklärtheit Platz gemacht.

Sie wusste, sie würde sich auf den Weg machen um ihn zu töten, und diese Gewissheit hatte etwas Beruhigendes. Es genügte, sich dieses Foto anzusehen, das sie in Lyon gefunden hatte, auf dem ein bärtiger junger Mann die Hand auf die Schulter ihrer Mutter legte, während sie in Petras Armen lag, und im Anschluss die YouTube-Videos mit ihm, um zu wissen, dass dieser arrogante alte Sack dafür büßen musste.

Ihn töten, und vorher ein paar Erklärungen verlangen.

Um zu verstehen, warum er eine Frau verlassen hatte, der er ein Kind gemacht hatte. Christine hatte so ein paar Ideen dazu. Diese Linken mochten noch so sehr vom Geist der Revolution erfüllt sein, das hinderte sie nicht daran, irgendwelche Sexgeschichten zu haben. Schließlich war damals die sexuelle Revolution in vollem Gange. 69, *année érotique*, so sang schon Gainsbourg.

Oder aber ihre Mutter hatte das Abdriften der Baader-Bande in die Gewalt abgelehnt. 1971, das Jahr, in dem Petra Deutschland verließ, war das Jahr, in dem die Rote Armee Fraktion ihre Stadtguerillataktik startete, Polizistenmorde und Bombenanschläge säten Angst und Schrecken, bis hin zum Irrsinn des Jahres 1977. Vielleicht wollte Petra sich und ihr Baby in Sicherheit bringen.

In ihrem Job als Polizistin hatte Christine gelernt, dass es selten nur ein einziges Motiv für menschliches Handeln gab. In der Regel war es von einer Mischung mehrerer Faktoren in unterschiedlich starker Gewichtung bestimmt. Vielleicht war zeitgleich mit dem Abdriften der RAF in die Gewalt auch die Romanze zwischen Petra und Wolfgang zu Ende gegangen, oder womöglich war das Ende dieser Romanze sogar die Folge dieses Abdriftens.

Vielleicht, vielleicht, vielleicht ...

Diese Spekulationen brachten sie nicht weiter.

Nur eins wusste Christine Steiner ganz sicher: Wolfgang Sonne war schuld am Selbstmord ihrer Mutter. Petra hatte nicht verkraftet, dass er plötzlich per E-Mail wieder in ihr Leben getreten war. Der Mann, der sie all die Jahre wie ein ständiger Geist begleitet hatte, und der dafür verantwortlich war, dass Christines Kindheit sich anfühlte wie eine endlose, triste, graue Ebene ohne jede Konturen, wie ein trostloser Kontinent, der ewig in einem hartnäckigen Nebel aus Melancholie verharrte.

Ja, sie musste diesen alten Dreckskerl zum Reden bringen, bevor sie ihm eine Kugel in den Kopf jagen würde.

Und Christine musste sich damit beeilen.

Ihr Bulleninstinkt sagte ihr, dass sie möglicherweise nicht die Einzige war, die Wolfgang Sonne ans Leder wollte. Sie hatte sich ein bisschen angeschaut, was er in den sozialen Netzwerken trieb. Auf Facebook war er nicht, auf Instagram auch nicht, aber Wolfgang spielte eben gerne auf Twitter den Schlaukopf.

Zwei bis drei Tweets am Tag.

Christine hatte den Versuch, sie mit Hilfe von Google Translate zu entziffern, relativ schnell aufgegeben, aber die Sache war auch so ziemlich klar.

Wolfgang provozierte die Rechtsradikalen, ob es nun um die Einwanderungsfrage, Islamophobie, oder den in Teilen der deutschen Gesellschaft wieder unverhohlen geäußerten Rassismus ging. Sonne hatte die Kalaschnikows der Trainingscamps der Palästinenser seiner jungen Jahre durch Tweets ersetzt.

Auch das war eine typische Alterserscheinung. Man kann schlecht akzeptieren, dass es vorbei ist, stimmt's, alter Sack?

Auf Twitter gab es heftige anonyme Reaktionen. Viele Nachrichten waren zensiert, aber die, die übrig blieben, waren von einem hohen Maß an Hass gekennzeichnet. Man erinnerte ihn mit Fahndungsfotos der Polizei aus den 70ern an seine terroristische Vergangenheit, es gab Fotomontagen, auf denen er mit der Aufschrift »Zum Tode verurteilt« auf der Stirn neben einem Galgen zu sehen war, schlechte antisemitische Karikaturen, rote Zielscheiben, Beleidigungen aller Art, und mehr oder minder offene Drohungen.

Christine war sich noch nicht ganz im Klaren darüber, ob sie dieses Verhalten von Sonne mutig finden sollte oder einfach nur blöd, ob es ein Zeichen für ein Festhalten an einem Ideal war oder eher die letzten Clownerien eines über Siebzigjährigen, der sich nicht mit dem Altern abfinden konnte und der wollte, dass man noch von ihm sprach, um sich zu beweisen, dass er nach wie vor Angst verbreiten konnte.

Dazu kam das, was ihr Commissaire Garance in Lyon bezüglich der Ermordung von Torsten Meyer durch das mutmaßliche Mitglied einer Todesschwadron gesagt hatte. Es war gut möglich, dass Wolfgang Sonne auch auf der Liste dieser Rächer stand, die mehr oder minder der Neonazi-Szene zuzuordnen waren. Zumal Sonne sehr viel mehr Medienpräsenz hatte als Torsten, der als pensionierter Lehrer in Frankreich lebte, während Sonne immer noch in Deutschland war.

Sein letzter Tweet war keine vierundzwanzig Stunden alt: Das Foto einer Kiesgrube – die bei Leipzig? –, die sich immer weiter an den Waldrand und kleine, halb abgerissene Einfamilienhäuser heranfraß. Der Kommentar dazu lautete in etwa: »Wie üblich sind die Grünen nie da, wenn man sie braucht.« Wenn es eine Sache gab, die Commissaire Steiner nicht würde verschmerzen können, dann, dass einer dieser neobraunen Idioten sie um ihre erste und letzte Begegnung mit ihrem Vater bringen würde.

Wenn ihm jemand eine Kugel in den Kopf jagen würde, dann nicht deshalb, weil er ein Linker war, sondern weil er sich Petra gegenüber wie das letzte Arschloch aufgeführt hatte.

Das war eine rein persönliche Angelegenheit, keine politische.

***

Christine hatte bei ihrer Mutter eine alte Jeans und eine Lederjacke gefunden, die sie dort in den 90ern zurückgelassen hatte, und ein Paar Sportschuhe, in denen sie, wenn sie Petra besuchte, am Seineufer laufen ging. Sie fand, sie sah darin jünger aus, und ihr Gesicht wirkte mit einem Mal entspannter. Sie gefiel sich. Sie sah aus wie eine Studentin, die Nirvana hört, und das war sie ja auch gewesen.

Sie hatte auf Petras altem MacBook geschaut, wie sie am besten nach Leipzig kam. Es lag exakt tausend Kilometer entfernt. Sie konnte also, die Pausen nicht mitgerechnet, in zehn Stunden dort sein. Vielleicht würde sie einmal in Belgien übernachten, kurz vor der Grenze, bei Eupen.

In Rouen, und scheinbar in ganz Nordeuropa, war noch immer wunderbares Wetter. Der Himmel war blau. Durch das Schlafzimmerfenster ihrer Mutter hatte sie einen kurzen Blick auf den Fluss erhascht, der in der Sonne glitzerte, und auf ein Stück von einem Lastkahn, auf dessen Deck die Frau eines Flussschiffers gerade einen Eimer Wasser auskippte, um es zu scheuern. Letztendlich hatte sie diese Stadt gemocht. Rouen mit seinen mittelalterlichen Straßen, seinen gotischen Spitzbögen, seiner etwas verschlafenen Geruhsamkeit, hatte ihr ein wenig von der Traurigkeit nehmen können, die ihre Kindheit bestimmt hatte. Als kleines Mädchen stellte sie sich vor, sie wäre eine Prinzessin, wie aus einem Märchen. Dann vergaß sie den Verkehr, der sie umgab, amüsierte sich über die Grimasse eines Wasserspeiers, und wäre nicht überrascht gewesen, wenn sie auf dem Vorplatz der Kathedrale ein paar Jongleure gesehen hätte, oder Esmeralda, wie im *Glöckner von Notre Dame*.

Bevor Christine mit ihrer Reisetasche Petras Wohnung verließ, beschloss sie, ein Objekt loszuwerden und dafür ein anderes mitzunehmen. Beide waren gleich wichtig im Leben einer Polizistin.

Handy und Knarre.

Sie löschte alle Daten auf ihrem Handy, bevor sie es in den Müllschlucker warf. Sie hatte keine Lust, vom Großen Chef getrackt zu werden, nachdem er bemerkt hätte, dass sie sich aus dem Staub gemacht hatte. Sie würde sich, wenn nötig, ein Einweg-Handy an einer Autobahnraststätte kaufen.

Anschließend durchsuchte sie die Schublade eines Buffets und fand die Beretta Nano, die sie ihrer Mutter vor einigen Jahren gegeben hatte. »Bist du verrückt, Püppchen«, hatte Petra daraufhin gesagt. »Ich würde so ein Ding niemals benutzen. Was soll mir denn zustoßen? Kann es sein, dass dein Beruf dich ein bisschen paranoid macht?«

Ja, Christine kam sich tatsächlich ein wenig idiotisch dabei vor. Aber sie hatte die Waffe trotzdem dagelassen. Als sie jetzt das 6-Schuss-Kastenmagazin in die Pistole schob, musste sie daran denken, dass ihre Mutter in Deutschland, als sie mit Sonne zusammen war, sicherlich so einige Waffen gesehen hatte. Vielleicht hatte die alte Dame, die sie am Ende war, damals, als sie noch die strahlende junge Frau auf dem Foto war, sogar selber dann und wann zu einer Waffe gegriffen…

Die Beretta Nano, deren Holster sie jetzt an ihrem Knöchel befestigte, war auf jeden Fall die ideale Ergänzung zu Christines Sig-Sauer-Dienstwaffe, die nur ein Magazin hatte, was etwas knapp werden könnte, wenn die Sache aus dem Ruder liefe.

***

Und das war möglicherweise bereits jetzt der Fall. Der Wagen, der ihr folgte, war ein unauffälliger, etwa fünf oder sechs Jahre alter Volvo S40. Das Auto war dermaßen unauffällig, dass es quasi nach Bulle roch.

Oder zumindest nach jemandem, der sich so benahm.

Christine war das an lauter kleinen Details aufgefallen, die sie nur bemerkt hatte, weil sie ein Profi war. Insbesondere die Art und Weise, wie sich der Wagen direkt hinter sie setzte, wenn sie sich einer Autobahnausfahrt näherten, so dass er ihr, sollte sie im letzten Moment abfahren, hätte folgen können. Anschließend fiel er dann wieder in gebührenden Abstand zurück und mischte sich unauffällig unter die anderen Wagen.

Christine nahm im allerletzten Moment die Ausfahrt in Richtung Eu-Le Tréport, schnitt dabei einem Laster den Weg ab, der wütend hupte, und der Volvo dahinter bremste und schlingerte auf den Seitenstreifen, wobei er der Leitplanke gefährlich nahe kam.

Damit war die Sache klar.

Und der im Volvo wusste, dass sie es wusste.

Wenn ihre Beschattung zu einer Verfolgungsjagd werden sollte, dann jetzt. Christine holte die Sig Sauer aus dem Handschuhfach und legte sie auf den Beifahrersitz, der im gleichen furchtbaren Grün gehalten war wie die Karosserie. Sie fuhr ein bisschen aufs Geratewohl über die Landstraßen. Hin und wieder tauchte ein Ort auf, in dem sich Fachwerk- und Backsteinhäuser abwechselten, wie sie typisch waren für diese etwas diffuse Region, die den Übergang von der Normandie zur Picardie markierte.

Der Volvo folgte ihr nach wie vor. Zwei, drei Mal hätte sie auf seiner Höhe anhalten und das Feuer eröffnen können. Das beruhigte Christine ein wenig.

Aber nur ein wenig.

Sie wusste jetzt, was sie tun würde. Das Katz- und Mausspiel quer durchs Land ging weiter, bis Christine in einen Waldweg abbog. Sie fuhr zehn Meter, stellte den Motor aus und blickte, die Hand auf dem Griff ihrer Sig Sauer, in den Rückspiegel.

Die Kühlerhaube des Volvo tauchte auf, er fuhr ein Stück und blieb nun ebenfalls stehen.

Drin saß ein relativ junger Mann, allein. Es verging eine gefühlte Ewigkeit, bis er ausstieg, die Hände, deutlich sichtbar, leicht erhoben. So nach dem Motto »ich komme in friedlicher Absicht«. Das würde ihn, wenn er gut trainiert war, jedoch nicht daran hindern, eine Waffe aus einem Gürtelholster zu ziehen und Christine eine Ladung Blei zu verpassen.

Sie holte nun, ebenfalls gut sichtbar, ihre Sig Sauer raus.

»Ganz ruhig, Commissaire Steiner! Ich bin selber Polizist, Lieutenant Delvaux vom Renseignement Territorial de Rouen.«

»Darf ich vielleicht erfahren, warum Sie so an meiner Stoßstange kleben?«

Lieutenant Delvaux sah in seinem Tweedjackett zur Chinohose aus wie der ideale Schwiegersohn. Er wirkte vor allem ziemlich verlegen ...

»Sie haben mich bereits in Rouen bemerkt, richtig?«

»Kurz danach, man kann jedenfalls nicht behaupten, dass Sie ein Champion im Beschatten wären ...«

»Ich bin eher für die Analyse zuständig als für die Arbeit auf dem Gelände, um ehrlich zu sein. Ihr Chef hat meinen Chef darum gebeten, dass jemand Ihnen folgt. Für den Fall, dass Sie mich bemerken würden, sollte ich Ihnen eine Botschaft überbringen. Ich war der Einzige, der zur Verfügung stand ... Wir haben in Rouen gerade alle Hände voll zu tun.«

Er wirkte ehrlich zerknirscht.

Christine hätte sich das denken können. Natürlich hatte sich der Große Chef von ihr nicht hinters Licht führen lassen. Dafür kannte er sie viel zu gut. Es war nicht ihre Art, an einem Tatort plötzlich Schweißausbrüche zu bekommen, auch wenn sie gerade harte Zeiten durchmachte. Mal abgesehen davon, dass sie ihre Panikattacke direkt nach der Ermordung eines früheren deutschen Linksextremisten bekommen hatte und ihre Mutter, die sich kürzlich das Leben genommen hatte, aus ebendiesem Land stammte und zur gleichen Generation wie Torsten Meyer gehörte.

»Und, wie lautet Ihre Botschaft also?«

»Ihr Chef lässt Sie wissen, dass er kein Erbarmen haben wird, sollten Sie erneut Scheiße bauen. Er lässt Sie ebenfalls wissen, dass die jüngsten Entwicklungen im Fall von Lyon, nach einer Razzia im Umfeld der Identitären, darauf hindeuten, dass Franzosen und Deutsche sich zusammengetan haben. Sie haben offenbar geplant, sich gegenseitig dabei zu unterstützen, in ihren jeweiligen Ländern Persönlichkeiten aus dem linksextremen Milieu auszulöschen. Er lässt Sie wissen, dass Sie seit dem Tod von Boulinier dort alles andere als beliebt sind und ein potenzielles Ziel darstellen, und dass Sie besser daran täten umzukehren, um mit ihm zu erörtern, was da vor sich geht …«

»Ist das alles?«

»Das ist nicht gerade wenig, finde ich.«

»Ich vermute, Sie haben über Ihre Beschattung regelmäßig Bericht erstattet?«

»Ja, ich habe gesagt, dass Sie mich entdeckt haben und ich mit Ihnen in Kontakt treten würde.«

»Geben Sie mir Ihr Handy und Ihre Waffe.«

»Kommt nicht in Frage … Sie würden ja wohl eh nicht auf einen Kollegen schießen …«

»Stimmt«, sagte Christine Steiner, machte einen Schritt auf Lieutenant Delvaux zu und brach seine hübsche Nase mit einem Schlag ihrer Sig Sauer.

»Sie sind ja verrückt, das tut schrecklich weh!«

Delvaux war auf die Knie gefallen, auf dem laubbedeckten Waldboden, und hielt sich mit beiden Händen seine Nase, während ihm das Blut durch die Finger lief. Seine schöne Chinohose würde Flecken bekommen.

Sie erleichterte ihn um seine Knarre und sein Smartphone. Sie zertrat das Handy mit dem Absatz, zog das Magazin aus seiner Waffe und schleuderte sie weit weg, ins Unterholz. Dann holte sie ein Schweizer Messer aus der Tasche ihrer Lederjacke und zerstach alle vier Reifen des Volvo.

»Verdammt, Sie sind echt fies, Commissaire Steiner. Wir sind hier im absoluten Nichts ... Sie wollen Zeit gewinnen, stimmt's?«

»Sehr gut erkannt, Lieutenant Delvaux, ein bisschen spät, aber sehr gut erkannt.«

In der Ferne hörte man eine Glocke zwölf Uhr mittags läuten.

Ihr blieb genug Zeit, um Leipzig noch heute Nacht zu erreichen.

***

Der Schengenraum hatte einen großen Vorzug, der für alle Antiterroreinheiten ein Albtraum war: Es gab keine Grenzen mehr. So konnte man Kilometer um Kilometer abreißen ohne irgendwelche Behinderungen. Während sie fast wie in Trance der monotonen Strecke folgte, erklangen aus dem Radio des Opel Mokka Nachrichten über das Chaos auf der Welt. Nachdem die Nachrichten erst auf Flämisch und dann auf Deutsch heruntergeleiert wurden, kam Musik, vor allem Rock aus den 70ern, Schlager aus den 80ern und Techno aus den 90er Jahren, dessen hypnotischer Rhythmus ziemlich gut zur Industrielandschaft des Ruhrgebiets am Abend passte.

Sie stoppte mehrmals an Autoraststätten, um den Mokka vollzutanken, dessen Farbe im Neonlicht noch hässlicher war, und um Kaffee zu trinken – genießbaren in Frankreich, noch trinkbaren in Flandern und wässrigen in Deutschland. Eine Linie Koks wäre jetzt nicht schlecht gewesen. Na gut. Es musste auch ohne gehen.

Bei Dortmund stockte der Verkehr wegen Bauarbeiten. Eine gute Stunde ging es nur noch im Schritttempo vorwärts. Das war schade, denn bis dahin hatte sie, vom Kaffee mal abgesehen, einen ausgezeichneten Eindruck von den deutschen Autobahnen. Sie hatte sie gar als Metapher dafür gesehen, wie ein ideales Leben aussehen könnte: sauber, gerade und ohne Geschwindigkeitsbeschränkung.

Sie nutzte die Gelegenheit, um sich ein bisschen mit dem brandneuen Navi des Mokka vertraut zu machen. Sie rief den Stadtplan von Leipzig auf, fand Sonnes Adresse, dann den Weiler bei der Kiesgrube, der gerade Opfer der Bagger wurde, zwanzig Kilometer südöstlich vor den Toren der Stadt.

Christine setzte darauf, dass er eher dort war als in der Stadt, nachdem er es gestern noch für eine gute Idee gehalten hatte, sich auf Twitter über diesen Ort auszulassen, wenn auch ohne zu sagen, dass er dort wohnte. Da war wohl noch ein kleiner Rest von Wachsamkeit in seinem senilen Hirn.

Es war Mitternacht. Sie hatte noch ungefähr dreihundert Kilometer bis Leipzig zu fahren.

Sie war nach wie vor seltsam gelassen angesichts der Vorstellung, ihren Vater zu töten.

**

Trotz ihres Navis verirrte Christine sich irgendwo vor Leipzig.

Ich bin langsam echt kaputt, dachte sie. Ich hätte mal besser eine Nacht im Hotel verbringen und bis morgen Abend warten sollen.

Sie hätte alles gegeben für eine Dusche, einen Kaffee, der diesen Namen verdient hatte, und eine Linie Koks. Sie hatte Entzugserscheinungen. Es fühlte sich an wie eine eisige Explosion, die in ihren Nebenhöhlen begann und sich dann in ihren gesamten grauen Zellen ausbreitete. Eine Explosion, durch die Dinge, Menschen, Ideen plötzlich eine stechend klare Kontur erhielten. Aber nun hatte sie sich irgendwo in Deutschland verfahren und merkte, dass sie nicht mehr die Jüngste war.

Es war fast zwei Uhr morgens, als sie endlich die richtige Straße fand, die durch einen Wald hindurchführte. Ab und an eine Ansammlung von Häusern, in denen hier und da ein Licht brannte. Nun tauchten nur noch vereinzelt Häuser auf, und sie brauchte drei Anläufe, bis sie den richtigen Weg fand, der nicht in einer Sackgasse im Dickicht endete.

Es war fast Vollmond, darum war die Nacht ziemlich hell. Sie stellte die Scheinwerfer ihres Opel Mokka aus und sah drei kleine, durch Hecken voneinander getrennte zweistöckige Häuser, die genauso aussahen wie auf Google Maps und wie auf dem Foto des letzten Tweets von Sonne.

Sie stieg aus.

Sie hatte kurz das Gefühl, zu ihrer Linken zwei Gestalten wahrzunehmen, aber nein, sie war müde, und die Müdigkeit dämpfte auch ihre Wut. Sie war kurz davor sich zu fragen, was sie hier überhaupt suchte. Dann dachte sie an das von den Bestattern notdürftig rekonstruierte Gesicht ihrer Mutter, nachdem diese sich aus dem Fenster gestürzt hatte.

Da kehrte ihre alte Entschlossenheit zurück.

Ein paar Minuten später wurde es in einem der drei Häuser heller und dann wieder dunkler, als wäre gerade jemand nach Hause gekommen und Mondlicht kurz durch die Hintertür gefallen. Vielleicht hatte sie sich ja doch nicht getäuscht, was die zwei Gestalten betraf. Aber was sollte Wolfgang Sonne, und womöglich seine Lebensgefährtin, dort mitten in der Nacht tun? Alte leiden unter Schlaflosigkeit, vielleicht machten sie einen kleinen Nachtspaziergang, bevor sie wieder ins Bett gingen, und waren aufgeschreckt von Christines Eintreffen. Auch wenn Sonne auf sie nicht den Eindruck machte, als wäre er so leicht ins Bockshorn zu jagen.

Bei genauerer Betrachtung sah mindestens das eine der beiden anderen Häuser aus, als stände es schon länger leer, und auf dem Zufahrtsweg waren tiefe Reifenspuren zu erkennen, die sicher von einem schweren Umzugslaster stammten.

Darum hatte Sonne sich in seinem Tweet so wütend über die Grünen geäußert. Er und Elke waren die letzten Bewohner in diesem Überbleibsel einer alten Siedlung. Sie würden aufgrund der Erweiterung der Kiesgrube umziehen müssen. Das machte diese verbürgerlichten Altachtundsechziger stinksauer.

Aber für Christine hätte es gar nicht besser kommen können.

Sie würde sich Sonne in aller Ruhe vorknöpfen können.

Und wenn er nicht allein war, sondern in Begleitung seiner Alten, war das Pech für sie. Möglicherweise war sie diejenige, die nach ihrer Mutter das wankelmütige Herz ihres Vaters erobert hatte.

Sie ging auf das Haus zu.

***

Dann überschlugen sich die Ereignisse in einer Geschwindigkeit, die Commissaire Steiner völlig aus dem Konzept brachte. Dabei war Christine Steiner an Ausnahmesituationen gewöhnt. Aber jetzt hatte sie das Gefühl, in einem Paralleluniversum gelandet zu sein.

Zunächst war da die Tür, die sie gegen Sonne schlug, nachdem sie ihn dank einer erprobten Technik dazu gebracht hatte, die Nerven zu verlieren, das hartnäckige langsame Klopfen an der Tür ...

Dann war da dieser Mann, der zu Boden gestürzt war, und die trotz ihrer grauen Haare noch jugendlich wirkende Frau hinter ihm.

Sie erkannte ihre eigene Stimme nicht wieder, als sie ihm sagte, sie sei seine Tochter, und ihre Waffe auf seine Stirn presste.

Sie spürte, wie ihr die Tränen in die Augen traten.

Sie konnte es nicht.

Mist, sie konnte es nicht.

Da waren diese beiden, in ihren alten schwarzen Klamotten so zerbrechlich wirkenden Gestalten. Denk an deine Mutter, dachte sie sich. Denk an Petra in ihrem Sarg, in der Leichenhalle, kurz bevor der Sargdeckel geschlossen wird. Ihre zusammengekniffenen Lippen, der gelbliche Teint, der trotz aller Bemühungen der Thanatopraktiker nicht ganz symmetrische linke Augapfel.

Da war der Hass wieder da.

Sie würde ihn umbringen.

In dem Moment durchschlug eine erste Kugel das Küchenfenster, dann eine zweite.

Sie reagierte so schnell wie die grauhaarige Frau. Wolfgang war etwas langsamer.

Als Erstes löschte sie das Licht in der Küche.

»Was ist das, *bordel*?«, flüsterte sie.

Sie sah, wie Wolfgang die Stirn runzelte. Der französische Ausdruck für Chaos stellte ihn wohl vor ein linguistisches Problem.

»Du bist scheinbar nicht die Einzige, die mir Böses will...«, sagte er.

Dann fügte sich für Christine alles zu einem Ganzen.

Der oder die Angreifer gehörten vermutlich zu besagten Todesschwadronen, die bereits einen Killer nach Lyon geschickt hatten, um Torsten Meyer zu erledigen.

Eine dritte Kugel pfiff durch die Küche und blieb in einer runden Wanduhr stecken, die offensichtlich aus den 70ern stammte. Die Kugel war durch die Eingangstür gekommen, die noch offen stand.

»Sagt dir der Name Torsten Meyer was?«

Sonne nickte.

»Ja, das ist lange, lange her …«

»Genau wie Petra Steiner?«

»Ich verstehe den Zusammenhang nicht.«

»Ich schon: Torsten Meyer wurde in der Nacht von Freitag auf Samstag in Lyon erschossen. Und Petra Steiner hat sich vor zwei Monaten das Leben genommen, nachdem sie nach über fünfzig Jahren eine E-Mail von dir erhalten hat. Ich heiße übrigens Christine Steiner …«

Sie konnte im fahlen Mondlicht, das die Küche erleuchtete, erkennen, wie sehr ihn diese Nachricht traf.

Außerdem bemerkte sie, dass die Frau mit den grauen Haaren versuchte, der Unterhaltung zu folgen. Offenbar sprach sie weniger gut Französisch als ihr Lebensgefährte. Jetzt fragte sie ihn auf Deutsch, was sie gesagt hatte. Aus seiner Antwort schloss Christine, dass sie Elke hieß.

»Und was machen wir nun?«, fragte Wolfgang kaum hörbar.

»Wie wär's, wenn du die Bullen rufst?«

Sonne zögerte verlegen.

»Lieber nicht … ich habe … also Elke und ich haben Waffen. Zwei Pistolen. Die habe ich mir auf illegale Weise besorgt. Wenn die Bullen die finden, dann habe ich ein echtes Problem. «

»Du meinst ein größeres, als dass die Typen da draußen dich und deine Elke abknallen?«

»Die Bullen haben mich immer noch ... wie heißt das auf Französisch? *Dans leur collimateur.* Im Visier. Die kriegen mich bestimmt dran. Dann lande ich für den Rest meines Lebens im Knast. Da sterbe ich lieber durch die Kugeln der Faschisten, oder meiner eigenen Tochter ...«

»Das ist ja wohl nicht wahr! Selbst im Angesicht des Todes musst du noch derart dick auftragen! Das ist ... das ist einfach jämmerlich.«

»Dann ruf du sie doch, Kristina ...«

»Ich habe kein Handy mehr, ich wollte nicht, dass man mich auf dem Weg hierher orten kann.«

Wolfgang Sonne lachte bitter auf.

»Ah, jetzt hab ich's kapiert! Darum hast du mich so schnell gefunden, du bist bei den Bullen! Was für eine Ironie, meine Tochter ist bei den Bullen! Und jetzt willst du in der hinterletzten Ecke von Deutschland deinen Ödipuskomplex lösen.«

»Halt's Maul, Wolfgang.«

Er verstummte.

Man hörte, wie Schritte sich dem Haus näherten.

Jetzt waren sie vor der Haustür.

Im Türrahmen zeichnete sich eine Gestalt ab. Schwarzer Kampfanzug, schwarze Sturmhaube, schwarze Rangers, ansonsten keinerlei besondere Kennzeichen. Außer der Waffe in der Hand, mit Schalldämpfer.

Unvorsichtig, der Typ, dachte Christine. Da keiner das Feuer erwidert hatte, war er gekommen, um seine Arbeit zu Ende zu bringen.

Christine rollte sich zur Seite und gab eine einzige Kugel ab. Genau zwischen die Augen, die durch die Sturmhaube besonders betont wurden. Sie richtete sich auf, lief zur Tür, griff nach der Waffe des Typen, schob die Leiche mit dem Fuß nach draußen und schloss die Tür, als ein

Kugelhagel auf das Haus niederging, bei dem die Fenster zerbarsten und die Dachziegel zersprangen.

Das waren mindestens drei Schützen.

Es war eine Belagerung.

Sie robbte zurück in die Küche.

Sie sah, dass sowohl Elke als auch Wolfgang eine Waffe in der Hand hielten.

Die illegalen Waffen. Zwei Walther, wenn sie richtig gesehen hatte.

»Hör zu, Wolfgang, hör mir gut zu. Wir haben nur noch wenig Zeit, bevor sie das Haus stürmen. Also musst du jetzt reden, mir erzählen, was war. Alles. Ich will alles wissen. Sie schob ihre Hand in die Innentasche ihrer Lederjacke und zog das Polaroid von 1969 hervor.

»Wie wär's, wenn du mit diesem Bild anfängst? Wenn du mich überzeugen kannst und es uns gelingt, die Faschos zurückzudrängen, vielleicht erschieße ich dich dann doch nicht...«

SECHSTES KAPITEL

Diese Frau verstand etwas davon, was sie da tat.

Wie sie dem Typen in den Kopf schoss.

Wie sie ihn mit wenigen Bewegungen durch die offene Tür rausbugsierte.

Wie sie die Tür schloss, ohne sich zur Zielscheibe zu machen.

So ein Quatsch, den sie da erzählt hatte. Petras Tochter. Hier bei Leipzig. Auf der Suche nach ihm.

Und dann auch wieder nicht, dachte er, als er das Eisen aus dem Hosenbund holte. Diese Dinger hätten eigentlich gar nicht im Haus sein sollen, dachte er, als er Elkes Kopfschütteln wahrnahm und diese Salve losging.

Konzentrier dich, sagte er zu sich selbst. Tonlos. Elke zeigte währenddessen nach irgendwo hinter sich.

Noch eine Salve. Was meinte Elke mit ihren Handzeichen?

Konzentrier dich. Das waren drei oder vier Leute da draußen. Also … drei oder vier, die schossen, die bewaffnet waren.

Natürlich. Elke meinte die Röders, die Nachbarn. Verdammt. Die waren ja noch im Haus nebenan.

Konzentrier dich. Diese Frau kam zu ihnen gerobbt.

Konzentrier dich. Er hatte Glas splittern gehört. Einige der Schüsse waren in die Hauswand eingedrungen. Aber er hatte auch Schindeln platzen gehört.

Profis waren das nicht.

Diese Frau fing an zu reden.

Aber was bedeutete das? Dass sie keine Profis waren?

»Hör zu, Wolfgang«, sagte sie.

Aber er wollte sich doch konzentrieren. Wenn das keine Profis waren. Und wenn sie sogar die Dachschindeln erwischten.

»Hör mir gut zu.«

Er hörte doch zu. Das Schießen draußen hatte aufgehört. War das ein gutes Zeichen? Oder nicht?

Diese Frau sagte, dass sie reden will. Sie will alles wissen. Aber sie weiß doch schon alles. Sonst wäre sie gar nicht hier.

Diese Frau hat einen Namen. Christine.

War es ein gutes Zeichen, dass nicht mehr geschossen wurde? Wo waren die Angreifer überhaupt?

Und sie ist deine Tochter. Unmöglich.

Unmöglich?

Wenn sie nicht mehr schossen, dann bewegten sie sich rund ums Haus. Er krabbelte zum kleinen Fenster neben der Haustür. Ganz vorsichtig ging er in die Hocke, der Schmerz im rechten Knie, linste mit einem Auge heraus, hob die Waffe, von der er nicht wusste, welche Geschichte sie hatte, und schoss einmal auf Brusthöhe zwischen die Bäume. Was sie auch taten, was sie auch vorhatten, sie mussten wissen, dass sie es mit Leuten zu tun hatten, die es gewohnt waren sich zu wehren.

Scheiße, tat das Knie weh. Er robbte zurück, als ein Schuss fiel. Er hörte ein sattes Bupp, als die Kugel in die Wand zwischen Flur und Küche eindrang.

Sie waren noch zwischen den Bäumen.

Sie. Wer auch immer das war. Wen auch immer Elke am Abend am Waldrand hatte stehen sehen.

Elke war auch in der Hocke. Elke konnte das.

Christine redete weiter, als er Elke in seiner Bewegung sanft auf die Schulter drückte. Bleib vorsichtig.

»Das hier«, sagte Christine, als sie etwas aus der Tasche ihrer Jacke zog. Sie redete und er hörte. Aber er hörte nicht zu, denn er wartete auf irgendetwas von draußen.

Aber er verstand trotzdem. Sie wollte, dass er hinsah. Und sie redete über das Töten. So ein Quatsch. Dafür waren doch die da draußen gekommen.

Dass es ein Foto war, erkannte Wolfgang in dem Schummerlicht noch. Aber sie wollte doch wohl nicht, dass er es sich jetzt ansah.

»Wir müssen sie warnen«, sagte Elke.

Auch ein Quatsch. Was sagte sie denn da? Da wurde geschossen. Da musste man niemanden warnen. Die Eltern lagen längst mit ihren Körpern auf den kleinen Kindern, um sie zu schützen. Oder sie verbargen sie in den Schränken. Wehe, ihr bewegt euch. Es wird nichts passieren. Mama und Papa haben das alles im Griff.

Christine hockte jetzt neben ihm. Klar, sie konnte das auch. Wie alt war sie? Fünfzig?

Fünfzig und ein bisschen. Eine junge Frau noch.

Aber er konnte doch kaum etwas erkennen.

Petras Tochter. Petra war tot. Wenn es stimmte.

Es musste wahr sein. Christines Entschlossenheit zeigte das. Die wäre doch sonst nicht so aufgetaucht hier.

Und sie kannte den Meyer. Das Foto rieb sie ihm jetzt beinah unter die Nase. Was war ihr das wichtig.

Schemen. Umrisse. Schatten. Eine Salve.

Elke ließ sich fallen. Hob zugleich eine Hand und sagte: »Alles in Ordnung.«

Die kluge Elke.

Wie sah es eigentlich mit der Munition aus?

»Da«, sagte Christine. »Schau doch hin.« In der einen Hand das Foto, in der anderen ihre Waffe.

Seine Reaktion war ein Atemstoß. Das Resignieren des Blinden. Ganz leicht schob er den Kopf nach vorn.

Sie begriff. Er konnte es nicht erkennen.

»Du«, sagte Christine.

Dann: »Petra.«

Dann: »Ich.«

Mit dem Schießeisen zeigte sie auf das Foto und sagte noch einmal. »Du.«

Petra und er.

Und das Kind. Das musste der Meyer gewesen sein, der es gemacht hatte. Als er es kapiert hatte, steckte Christine das Foto wieder weg.

Elke erhob sich langsam. Wie froh er war, dass sie sich mit den Waffen beschäftigt hatten. Mit dem Ding in der Hand hatte Elke sicher gewirkt. Die ruhige Hand. Die leise Waffenfaszination der Yogalehrerin.

Sie hatten auf Stapel von Altpapier geschossen. Weit weg von allem. Kein Lärm. Und die Kugeln konnte man wieder einsammeln hinterher.

Wolfgang stellte seine Ohren scharf, als sich Elke ihnen näherte. Sie bildeten ein Dreieck. Einen Kriegsrat.

Aber sie redeten nicht.

Die Ohren erneut. Draußen nahm Wolfgang nichts wahr. Das leise Fiepen, das er seit zehn Jahren ständig hörte, lag über dem Draußen und dem, was sich dort tat. Wenn er wach lag, hörte er ab und zu ein Tier. Aber jedes Viech, das hier zu Hause war, hatte längst Reißaus genommen, als die ersten Schüsse gefallen waren.

Dass Elke redete, sah er, bevor er die Worte verstand: »… etwas tun.«

Er musste sich seltsam bewegt haben, denn Elke schien zu wiederholen, was sie geäußert hatte. »Wir müssen etwas tun«, sagte sie ganz langsam. Er kam sich endgültig vor wie ein alter Mann. Klar mussten sie etwas tun. Was denn sonst?

Hatte Christine verstanden? Sie nickte.

»Wir ...«, sie zeigte zuerst auf die Hausfront mit dem Eingang, dann zugleich auf die beiden Seiten, die auf die Nachbarhäuser blickten, »... müssen von den Fenstern aus sichern. Alle drei.«

Wolfgang übersetzte.

Elke nickte und schüttelte dann den Kopf. »Ich gehe raus«, sagte sie leise.

»Raus?«, fragte Christine. Sie hatte das verstanden.

Elke hob ihre Waffe und zeichnete einen Kreis in die Luft, der an der Hintertür begann und dann nach vorn führte, wo sie auf sie warteten.

Christine schwieg.

Elke zeigte auf ihre schwarze Kleidung. Wenn sie sich richtig verhielt, dann bemerkten die da draußen sie nicht.

Wolfgang war zu langsam, um sie zu hindern. Christine ließ sie ziehen. Als die Hintertür wieder geschlossen war, holte sie tief Luft. »Wenn wir hier heil rauskommen ...«, sagte sie, als ein Schuss fiel.

Wolfgang sprang auf, so schnell er konnte, und lief zum Seitenfenster, das noch intakt war. Hinter der Ecke des Hauses der Röders stand Elke und linste in die Richtung, aus der die Angreifer schossen. Dann drehte sie sich um und setzte ihren Weg fort.

»Wenn wir hier heil rauskommen ...«, hörte er Christine erneut. »Du stellst dich neben die Haustür«, sagte sie. »Ich versuche, die beiden Seiten im Blick zu behalten.«

Ganz kurz dachte er, dass sie ihn neben der Haustür haben wollte, weil sie ihn dann nicht selbst erledigen musste. Aber ihm fiel auch ein, dass sie sich einfach besser und schneller bewegte.

Sie war eine Strategin. Ganz sicher war sie das.

Seine Tochter.

***

Wie ungewohnt es war, so ein Ding in der Hand zu haben. Er ließ den Arm an der Seite hängen, um das Gewicht der Pistole zu spüren, und blickte nach draußen.

An der Kante der geborstenen Scheibe entlang versuchte er, die Augen auf Empfang zu stellen.

Früher hatten sie sowas ja auch benutzt. Aber früher war früher. Was macht man nicht alles in jenen Jahren, wenn einem die Beine noch zum Weglaufen taugen?

Der Weg durch die Bäume hindurch zur Straße, den konnte er nun klar sehen. Da stand niemand rum.

Schießen ist das eine, das hatten sie damals schon klar gehabt. Aber dann muss man ja auch davonkommen. Nachdem man sich Geld besorgt hatte zum Beispiel oder noch ganz andere Sachen gemacht hatte. Und davongekommen war er ja auch immer. Auch vor dem Knast.

Wenn sie nicht auf dem Weg standen, dessen erste zehn oder zwanzig Meter er nun klar erkennen konnte, dann verbargen sie sich hinter den Bäumen. Dabei waren die gar nicht so stark. Oder sie hatten sich schon aufgemacht, um hinter die drei Häuser zu kommen? Wo mochte Elke sein?

Und sie selbst mussten hier natürlich auch erst einmal wegkommen. Aber das war eine andere Geschichte.

Woher kam eigentlich das Licht, das spärliche? Je länger er in das Wäldchen hineinblickte, desto mehr war er in der Lage, Konturen zu erkennen. Der Mond stand irgendwie hinter ihnen, wenig effektiv. Paar Sterne. Reflexionen künstlichen Lichts sicher auch. Aber die Häuser waren doch dunkel.

Dort. Waren das nicht Schulter und Arm einer Gestalt? Was waren das überhaupt für welche?

Klar. Es bewegte sich. Rumpf und Kopf erkennbar.

Er, verbesserte sich Wolfgang. Ein Kerl sicher. Ein junger. Wenn sie den Meyer erledigt hatten ... Aber waren die so gut organisiert? Mit Erschrecken fühlte er die Gänsehaut am Rücken.

Jetzt war der Mann zu erkennen. Ein dunkler Umriss. Kaum mehr.

Christines schnelle Schritte hinter ihm. Sie war von einem Seitenfenster zum nächsten gerannt. Er konnte hören, wie sie es öffnete. Es war das nähere zur Haustür, nicht verborgen hinter der halben Wand wie das andere. An der Seite, wo ihr Wagen abgestellt war. Komisch, dachte er. Bei all den Schüssen hatte er nicht gehört, dass die beiden Karren einen abgekriegt haben.

Jetzt musste Christine genau so stehen, dass sie ihm ohne Mühe in den Hinterkopf schießen konnte. »Es war normal damals«, sagte er leise. Die Gestalt drehte sich nach hinten. Konnte Christine ihn ebenfalls sehen von ihrem Standort aus? Und wo war Elke?

»Was war normal?« Christine zog das französische *normal* in die Länge – normaaal! –, total empört. Gleich würde sie den Arm heben und ihn abballern.

»Normaaal ...«, wiederholte er. Oder äffte er sie nach?

Da. Noch einer.

Wenigstens schoss sie nicht.

Dafür würde er es nun tun. Wolfgang drehte sich so, dass er den Arm nach vorn strecken konnte. Er zielte auf den Umriss, den er zuerst erkannt hatte. Der Kleinwagen, mit dem Christine gekommen war, diente ihm als Hilfe, um den Arm ruhig zu halten.

Sei langsam. Sei gelassen. Christine sagte kein Wort. Sie würde ihn beobachten. Empört, aber beeindruckt.

Seine Tochter.

Der Arm war nun ruhig. Früher hatten sie das nicht gemacht. Nicht so. Da war alles laut gewesen und hektisch. Die Situationen vor dem Entkommen.

Hinter dem Arm der Kerl.

Leichte Bewegung bei ihm.

Luft holen.

Abdrücken.

Mit dem Rückstoß verlor er den Fokus auf den Mann. Aber er war sich sicher, vorher die Wirkung gesehen zu haben. Die Erschütterung ja, den Fall nicht.

»Hast du ihn?« Christine ganz leise. Knapp hinter ihm.

»Ich glaube schon.«

Draußen Treten und Rennen. Die Ohren waren noch auf der Suche nach akkuraten Eindrücken.

»Das waren Schritte von drei Leuten.« Christine war jetzt schräg neben ihm. »Was macht deine Frau?«

»Meine Freundin«, sagte Wolfgang schnell und leise und schämte sich gleich dafür. Auf dem Waldboden knirschte und knackte es.

Es war der Reflex, mit dem man die Bürgerlichen darauf hinwies, dass man eben nicht verheiratet war. Aber was wollte er der Polizistin neben ihm damit beibringen? Dass er politisch weiter war als sie?

Sie hatten sogar darüber geredet, Elke und er. Zu heiraten. Wenn er mal abtrat, dann sollte sie die Buchtantiemen kriegen und nicht Herbert, sein jüngerer Bruder. Der blöde Sack.

Aber was Elke gerade tat, das wüsste er auch gern. »Sie wird irgendwo stehen und beobachten.«

»Und dann?«

»Dann kommt sie wieder.«

»Schafft sie das?«

Er nickte. Und setzte das »Ja« hinterher. Klar schaffte sie das. Elke schaffte alles.

Der Schuss, der fiel, erschreckte sie beide. Sein Zucken führte ihn wenige Zentimeter zur Seite. Zugleich machte Christine einen winzigen Schritt in seine Richtung.

Der halbe Moment, in dem sie sich berührten, Schulter an Schulter nur, führte zum nächsten Erschrecken.

Irritierte Blicke im Dunkel. Sie sprang fast weg von ihm. Draußen ein Jammern.

»*Elké*?«, fragte Christine heiser.

Das Jammern wurde zum Schrei. Ansteigende Frequenz.

Sie konnten hören, wie ein Körper über den Waldboden gezogen wurde. Dann war Ruhe.

»Sicher hat Elke einen umgelegt«, sagte er.

»Was war also normal?« fragte Christine.

Was gab es dazu schon zu sagen? Die Frauen kümmerten sich eben um die Kinder. Das war damals doch noch ganz anders diskutiert worden. Und Petra mit dem kleinen Bündel ... Es war ja nicht so, dass er nicht diesen Stolz gespürt hatte, irgendwie. Sie hatten sich geliebt. Und eben auch körperlich. Und dann war dieses Baby passiert.

Viel mehr als den Stolz darüber, dass er Teil dieses biologischen Versuchs war, hatte er kaum empfunden. Und als er dann Rosi getroffen hatte, da war der Versuch eben Teil von Petras Leben gewesen und gehörte nicht mehr zu seinem. Er erzählte in knappen Worten davon.

»Wir mussten dann auch weg«, sagte er abschließend.

»Wer?«

»Wir eben.« Er wartete auf die nächste Frage. Draußen war es leise. Wie auf dem Friedhof.

In wenigen Sätzen sprach er dann über Brigitte. Als die Mauer gefallen war, da hatten sie zusammengelebt. Mit ihren beiden Kindern. Denen war er ein guter Vater gewesen. Und sie kamen heute noch zu ihm, um sich Rat bei ihm zu holen.

An Christines Reaktion, zusammengekniffener Mund, mahlende Backen, erkannte er, dass das nicht die Sorte Geschichte war, die sie hören wollte. Also hörte er auf.

Zum ersten Mal fragte er sich, warum die Röders nicht die Bullen riefen. Die mussten doch Angst um ihre Kinder haben. Die mussten doch an die Bullen denken. Gut möglich, dass die dann hier aufkreuzten. Dann war der Spuk wenigstens zu Ende.

Ein weiterer Schuss fiel. Wolfgang spürte, wie sich sein Innerstes zusammenzog. Hatten sie Elke erwischt?

Dann noch einer. Irgendetwas splitterte. Ein kurzer Lichtschein beleuchtete die Bäume von hinten, kaum eine Sekunde.

Fern. Recht fern. Hinter dem Wäldchen auf jeden Fall.

Wer schoss?

Wer wurde beschossen?

Christine atmete heftig. Sie wies mit dem Kopf nach draußen und hob kurz die Schultern. »Deine Geschichte ist scheiße«, sagte sie.

Hinter dem Haus waren leise Schritte zu hören. Wolfgang wusste sofort, dass es Elkes waren. Sie kam durch die Hintertür und rief fast.

»Die Bullen sind da.«

***

Elke stand hinter der Trennwand zwischen Flur und Küche verborgen und wies mit dem Finger in die Richtung, aus der die Angreifer kamen. Sie zeigte auf gar nichts, beschrieb mehr die Umgebung und kreiste mit der Hand um ein imaginäres Terrain.

»Drei habe ich gesehen.« Sie markierte Punkte mit den Armen. »So halb hinter Bäumen.«

»*Avant le premier tir?*«

Wolfgang übersetzte Christines Frage: »War das vor dem ersten Schuss?«

»Nachher«, sagte Elke. »Als ich mich zur Straße durchgeschlagen hatte.«

»Dann sind sie zu …« Wolfgang überlegte.

»*Il y en a au moins cinq*«, sagte Christine.

»... zu fünft mindestens«, vervollständigte Wolfgang. »Der eine, den du erledigt hast gleich am Anfang. Dann einen, den ich gekriegt habe von hier aus. Und ...« Er blickte auf Elke.

»Getroffen habe ich den auf jeden Fall«, sagte sie, »das hat man ja gehört.«

»Das sind die, von denen wir wissen.« Wolfgang drehte sich weg und blickte ins Grau der Nacht. Das Wäldchen lag da, leiser Wind fuhr durch die Wipfel, weit oben am Himmel war ein Flugzeug zu hören. Ein Nachtvogel gab einen hohen Ton ab. Alles wie immer hier. Aber sie wussten es besser.

»In dem Polizeiwagen waren auch noch zwei, das habe ich genau gesehen.« Elke untermalte ihren Satz mit beiden Händen. Die eine symbolisierte den Polizeiwagen. Die andere das Licht der Scheinwerfer des Autos dahinter. »Das muss ein Versehen gewesen sein«, sagte sie. »Das mit dem Licht.«

Wolfgang übersetzte für Christine, die den Kopf schüttelte und den Gedanken aussprach, den Wolfgang noch zu formulieren versuchte. »Das kann doch nicht sein«, sagte sie. »Der Polizeiwagen muss hinter dem anderen stehen.«

»Und du hast gar nichts gesehen, als du bei den Röders vorbeigekommen bist?« Langsam konnte Wolfgang den Gedanken in Worte fassen.

»Gar nichts.« Elke öffnete die Hände. »Ich hab durch die Fenster hinten gesehen ... da war alles dunkel. Aber ihr Wagen hat da gestanden.«

»*Mais ils auront appelé la police.*« Christine musste das sagen, dachte Wolfgang. Klar haben die die Bullen gerufen. Beim ersten Schuss war das die allererste Reaktion gewesen. Dann haben sie die Kinder in den ersten Stock gebracht und sie unter dem Bett versteckt. Seid ganz leise, werden sie gesagt haben. Habt keine Angst. Wir sind bei euch. Was Eltern eben so erzählten in einer Situation, über die sie die Kontrolle verloren hatten.

Komplett verloren.

Umgekehrt wird es gewesen sein, dachte er. Zuerst die Kinder verstecken. Dann der Anruf.

Was? – Wo? – An der Kiesgrube? – Ja gut, wir schicken eine Streife. Das wird in etwa die Reaktion beim Polizeinotruf gewesen sein, dachte er. Spielende Kinder, wird irgendwer gedacht haben. Oder nein, natürlich nicht spielende Kinder. Die hatten keine Waffen. Irgendwelche Spinner. Nazis. Egal. Und wenn schon. Aber nichts Wichtiges. Schüsse an der Kiesgrube waren nicht wichtig. Und dann ...

»Was ist?« Elke blickte zwischen ihm und Christine hin und her.

Das war fast ein Lachen, das ihm entwich. Weil er es kapiert hatte. Und weil er sehen konnte, dass die Polizistin im Haus ganz genau verstand, was da vor sich ging.

»*Ils ont appelé la police.*« Das war für Christine. »Und weißt du, was dann passiert ist?« Das war für Elke. Seiner Tochter musste er nichts mehr erklären. »Die haben gefragt, wer gerade in der Nähe ist, und dann hat irgendwer im Streifenwagen gesagt, kein Problem, wir kümmern uns darum. Und die waren tatsächlich in der Nähe. Die waren nämlich schon hier.«

Wolfgang konnte sehen, wie Elke die Oberarme an den Körper drückte. Ihr war plötzlich kalt geworden. Eine vertraute Geste in einer nicht vertrauten Situation. »Ja«, sagte sie und zog den Vokal ein paar Sekunden lang hinter sich her. »Dann waren die von Anfang an dabei. Oder?«

Christine betrachtete Elke, wie sie nach Worten suchte. Dann ihn. Dann duckte sie sich und hockte sich unter das zerschossene Fenster. »Die Nachbarn sind nicht in Gefahr«, sagte sie. »Die wollen nur uns. Die wollen dich. Oder ... euch beide.«

»Haben sie mit Gegenwehr gerechnet?« Wolfgang kniete sich neben sie auf den Boden. Das rechte Knie knackte dabei und schmerzte höllisch.

»Kaum. Sie haben gedacht, dass sie kurzen Prozess machen. Der Kerl, der zur Tür gekommen ist …«

»Der hat gedacht, dass er uns schnell erledigt und dann gleich wieder beim Bier sitzt. Mit den Kumpels.«

»Kein Bier mehr für ihn.« Christine holte ihre Waffe aus dem Hosenbund. Dann blickte sie zu ihm hinüber, dann nach hinten auf Elke. »Die Frage ist nur, was wir jetzt machen?«

»Nochmal die Bullen rufen?« Elke.

»Auf gar keinen Fall.« Wolfgang krabbelte nach hinten. Er musste sich unbedingt erheben, wenn er die Knie je wieder benutzen wollte. »Ich rufe die Bullen nicht. Außerdem haben wir sie ja schon im Haus.«

»*Alors, qu'est-ce qu'on fait?*« Christines Stimme wurde drängend.

»Welche Möglichkeiten haben wir denn?«, fragte Elke.

»Entweder wir verteidigen das Haus ….« Er übersetzte das für seine Tochter, die zu ihnen gerobbt kam. Sie standen verborgen hinter der Zwischenwand. »Wenn wir uns gut verteilen, dann können wir uns aus dem Haus heraus schon wehren. Ich gehe hoch, ihr zwei bleibt unten. So können sie uns kaum überwältigen.«

Christine hörte der Übersetzung zu und nickte. Aber was sie sagte, war keine Zustimmung. »*Ils pourraient essayer de mettre le feu à la maison.*« Das Haus in Brand setzen. Das könnten sie versuchen.

»Auch dafür müssen sie erst mal herankommen.«

»Oder?«, fragte Elke.

»Oder was?«, fragte er zurück.

»Du hast gesagt: entweder das Haus verteidigen. Da muss jetzt das Oder folgen.«

»Oder wir gehen raus.«

Christine nickte. Das musste er nicht übersetzen. Wolfgang konnte in ihren Augen sehen, dass es das war, was sie machen wollte. Scheiße, dachte er. Ich bin 75, kriege keinen mehr hoch und ziehe in den Krieg.

SIEBTES KAPITEL

»Du gehst nicht raus, Wolfgang ...«, sagte Christine, »du bist zu alt.«

Ihr Vater sah sie verständnislos an.

»Schau mich nicht so an. Du wärst nur ein Klotz am Bein. Deine Knie streiken, oder? Glaubst du vielleicht, du kannst wegrennen, wenn sie auf dich schießen? *Ils vont t'allumer comme à la foire.*«

»*M'allumer comme à la foire*? Den Ausdruck verstehe ich nicht.«

Sie lachte kurz und gehässig. Dann formulierte sie es anders.

»Bei deinem körperlichen Zustand gebe ich dir da draußen eine Lebenserwartung von fünfzehn Sekunden ... Hast du es jetzt kapiert?«

Wie zur Bestätigung ihrer Worte knallte es draußen erneut dreimal. Im Halbdunkel der Küche hörte man die Kugeln pfeifen. Zwei landeten in der Wand, eine dritte zerschmetterte etwas aus Glas, vermutlich eines der Schraubgläser mit Kräuterteemischungen, die auf einem Regal über der Spüle standen.

Dieses völlig unwichtige Detail war Christine absurderweise aufgefallen, als die ersten Schüsse fielen. Irgendwann, das war eine Ewigkeit her, hatte ihr Ausbilder bei der Polizei ihr erklärt, dass das am Adrenalin lag, das in gefährlichen Situationen freigesetzt wurde. Man speicherte jede Kleinigkeit im Kopf ab, unabhängig von ihrer Bedeutung.

Christine hatte einen gewissen Spaß daran, Sonne sein Alter unter die Nase zu reiben.

Was bildete dieses Arschloch sich eigentlich ein? Dachte er etwa, dass sie, nur weil sie in dieser gottverlassenen Ecke von Sachsen zusammen ein Remake von *Alamo* aufführten, deshalb jetzt beste Freunde wären? Dachte er, sie würde sich in seine Arme werfen, weil ihr, als sie ankam, die Nerven durchgegangen waren und sie es nicht fertiggebracht hatte, ihm eine Kugel in den Kopf zu jagen? Dachte er, sie würde wegen der Gefahr, die draußen lauerte, alles andere einfach vergessen und sich mit der fadenscheinigen Begründung zufriedengeben, das sei eben damals eine andere Zeit gewesen? Man macht also einer Frau ein Kind, lässt beide im Stich, und hat dabei ein reines Gewissen? Ernsthaft?

Wolfgang Sonne sah ihr in die Augen. Das rührte sie, und genau das wollte sie nicht, sie wollte nicht gerührt sein.

Christine konnte nicht erkennen, ob er irgendwie erleichtert war, niedergedrückt oder starr vor Angst. Vermutlich eine Mischung von allem.

Sie drückte die Mündung der Sig Sauer auf seine zerfurchte Stirn.

»Sieh mich nicht so an. Schau nach unten. Und zwar jetzt.«

Wolfgang gehorchte.

***

»Du kannst nicht alleine da rausgehen, das ist der reine Wahnsinn!«

Wolfgangs Lebensgefährtin Elke, sie sagte das auf Englisch.

Sie hatte vorhin Mut bewiesen, als sie auf die sehr konkrete Gefahr hin, von einem der Irren da draußen abgeknallt zu werden, raus in die Dunkelheit ging. Das war für eine Amateurin in ihrem Alter beachtlich. Jetzt zeigte sie erneut, wie mutig sie war.

Sie wollte Christines Hass ablenken, eindeutig. Ebenso eindeutig war, dass sie bereit war, von ihrer Waffe Gebrauch zu machen, um ihren Kerl zu retten. Das konnte Christine an ihrer Körpersprache ablesen. Sie nahm die Waffe von Wolfgangs Stirn.

»Es gibt keine andere Lösung«, sagte sie. »Denkst du, die Bullen hängen da mit drin?«

»Auf jeden Fall steht ein Polizeiwagen draußen, da bin ich mir sicher.«

»Das wäre nur logisch«, sagte Christine, während sie die Sig Sauer überprüfte. Im Magazin waren noch vierzehn Patronen von fünfzehn.

»Wie meinst du das?«

»Wenn es so ist, wie ich glaube, dann unterhalten diese durchgedrehten Rechtsextremen beste Beziehungen zu Teilen der Polizei. Es ist überall dasselbe, ob in Frankreich oder in Deutschland ... Ich denke, das Beste wird sein, du bleibst auch hier, bei ihm. Ihr geht in den ersten Stock, stellt euch ans Schlafzimmerfenster, und versucht die Schützen im Wald zu orten.«

»Willst du nicht hinten rausgehen?«

»Nein, eben nicht, sie sollen ruhig auf mich schießen. So sehe ich, wo die Schützen sind, und wie viele es sind. Verstehst du?

Elke nickte.

***

Als Christine allein war, atmete sie einmal tief durch.

Die beiden Alten waren oben und hatten gerade ein paar Kugeln ausweichen müssen.

Sie überlegte, welche Optionen sie hatte.

Rausgehen, zum Auto rennen, sich den Weg freischießen, nach Leipzig fahren, aufs nächste Polizeirevier gehen und alles zu Protokoll geben? Damit wäre ihre Karriere am Ende, aber war sie das nicht sowieso? Und was hatte sie eigentlich noch mit der Polizei am Hut?

Lieutenant Delvaux hatte vermutlich inzwischen seinen Bericht geschrieben. Diese Aktion würde ihr der Große Chef mit Sicherheit nicht verzeihen. Nicht mal in Erinnerung an ihre Zeit als Liebespaar und an den guten Sex. Er war einer der besten Liebhaber, die sie je in ihrem Bett hatte. Allerdings waren es insgesamt auch nicht besonders viele gewesen ...

Da der Große Chef nicht auf den Kopf gefallen war, hatte er sicher längst eine interne Fahndung ausgeschrieben, um einen Medienrummel zu vermeiden, und auch seine Kollegen vom BND kontaktiert. Vermutlich war es nicht besonders schwer zu rekonstruieren, dass sie in Rouen diesen Opel Mokka geliehen hatte. Sicherlich hatten sie die Bilder der Überwachungskameras aller Raststätten entlang der Route nach Deutschland genau unter die Lupe genommen. Sie war zwar vorsichtig gewesen, aber bei intensiver Recherche unter Einsatz aller Mittel würden sie sie finden. Dann war es nur eine Frage der Zeit, bis sie eine Verbindung zwischen Torsten Meyer und Wolfgang Sonne herstellen würden, und wenn sie die Vergangenheit ihrer Mutter ein wenig durchforsteten, wüssten sie, was Christine in Deutschland vorhatte. Ihre Kollegen verstanden ihr Handwerk, das wusste sie nur zu gut.

Die andere Möglichkeit war, hier zu warten. Früher oder später würden eh weitere Bullen auftauchen. Entweder, weil man sie darüber informiert hatte, was sie plante, oder weil jemand gemeldet hatte, dass hier geschossen wurde. Sie waren zwar an einer abgelegenen Kiesgrube, aber nicht mitten in der Wüste ... Dann würde sie sich verhaften lassen. Klar, das mit der Rache an Wolfgang könnte sie dann vergessen, aber er wäre auch so geliefert.

Das wäre zwar nur ein schwacher Trost, aber besser als nichts. So oder so ist unser Verlangen nach Trost unersättlich, wie der Dings so schön sagte.

Aber das wäre nur für den Fall, dass die Bullen ziemlich bald kämen, denn sollten die Typen geplant haben, das Haus zu stürmen, war es eher fraglich, ob sie es verteidigen könnte. Christine hatte jedenfalls nicht vor, sich abschlachten zu lassen, zumal sie dann womöglich nicht einmal das Vergnügen hätte zu sehen, wie Wolfgang starb. Das Schlimmste wäre, wenn er am Ende noch als Held gefeiert werden würde, der sich einer Neonazi-Todesschwadron entgegengestellt hatte. Dieses arrogante Arschloch würde womöglich für die gesamte linke Jugend zur Legende werden.

Scheiße, das durfte nicht passieren.

Sie hätte jetzt echt eine Linie Koks gebraucht. Nicht, um sich Mut zu machen, sondern eher, um einen klaren Kopf zu bekommen. Um zum Beispiel zu wissen, was schwerer wog, ihr Hass auf Wolfgang oder ihr Wunsch, lebend aus diesem Chaos rauszukommen. Die vorübergehende, bestechende Hellsichtigkeit, die ihr das Kokain verschaffte, wäre jetzt ein echter Segen gewesen. Stattdessen konnte sie keinen klaren Gedanken fassen.

Es war ungefähr drei Uhr morgens.

Also gerade mal eine halbe Stunde her, dass sie in diese beknackte Falle geraten war. Wenn man bedachte, dass sie am Morgen noch in Rouen gewesen war ... Drei Uhr morgens, das war die Zeit, in der sie oft wach lag, schweißgebadet, vor ihren eigenen inneren Abgründen stand, mit weit aufgerissenen Augen ins Dunkle starrte und dieses kaum auszuhaltende Gefühl hatte, ganz allein auf der Welt zu sein.

Sie griff nach der Waffe, die sie dem ersten Typ, den sie abgeknallt hatte, abgenommen hatte. Eine Glock mit Schalldämpfer. Sie schraubte ihn ab, weil er die Zielgenauigkeit beeinträchtigte. Im Magazin steckten noch alle siebzehn Schuss Munition. Sie schob sich die Waffe in den Gürtel. Die, plus die Beretta Nano, die sie am Knöchel befestigt hatte, plus die Sig Sauer und ihr Schweizer Messer, das musste genügen.

Letztlich gab es nur ein Mittel, um der Grübelei ein Ende zu bereiten. Sie kannte es, seit sie bei der Antiterrorheit war. Es hieß: Handeln.

Mit der Waffe im Anschlag lief sie unter Gebrüll nach draußen.

***

Für die beiden Typen, denen es gelungen war, sich unbemerkt dem Haus zu nähern, und die sich nun zu beiden Seiten der Tür an die Hauswand drückten und kurz davor waren, gewaltsam einzudringen, kam das ziemlich überraschend.

Der eine trug einen schwarzen Kampfanzug und eine Sturmhaube.

Der andere trug eine Polizeiuniform.

Christine hechtete nach vorn, rollte sich ab und schoss dabei auf die Männer, bevor sie überhaupt reagieren konnten.

Zwei Kugeln.

Die erste traf das rechte Auge des Typen in Uniform, sein Hinterkopf knallte gegen die Hauswand.

Eine andere traf den schwarzen Kampfanzug in den Bauch, er fiel auf die Knie und versuchte, seine Waffe zu heben.

Christine erledigte ihn mit einer dritten Kugel. Die herausgeschleuderte Hülse verbrannte sie im Gesicht.

Vom Waldrand aus hörte sie Ausrufe des Erstaunens und wie jemand Kommandos erteilte.

Die ersten Schüsse fielen, aber sie waren nicht sehr zielgenau, weil sie hinter dem Opel Mokka verborgen war.

Sie robbte durch das taunasse Gras zum Auto.

Hinter sich hörte sie, wie Elke und Wolfgang durch das Schlafzimmerfenster im ersten Stock zurückschossen.

Sie erreichte das Auto. Es roch nach Erde und ihre Jeans war durchnässt.

Sie legte ihre Hand auf die Kühlerhaube und gab, ohne ihre Deckung zu verlassen, fünf, sechs Schüsse ab. Dann ging sie hinter dem Vorderrad in Deckung, direkt hinter dem Motorblock. Da war sie immer noch am besten geschützt, sollte eine Kugel das Auto durchschlagen.

Sie hörte das dumpfe Geräusch der Einschläge, die die Karosserie erschütterten.

Die Scheiben zerbarsten und die Scherben regneten herab, eine davon verletzte sie, wie mit Absicht, an derselben Stelle wie die brennende Patronenhülse.

Das machte sie rasend vor Wut. Sie schoss erneut zurück und schrie, bis der Verschluss blockierte.

Keine Munition mehr.

Aber voller Schadenfreude hörte sie, wie jemand vor Schmerz aufheulte.

Das hinderte die von der anderen Seite jedoch nicht daran, weitere Salven auf sie abzugeben.

Irgendwann ging im Opel, der das Ganze jetzt leid war, das Autoradio an.

Christine legte ihre Sig Sauer beiseite, die keinen Nutzen mehr für sie hatte, lud die Glock durch, als auf einmal die Stimme von France Gall ertönte, mit »Poupée de cire, poupée de sang« in einer deutschen Version.

Die helle Stimme der Sängerin versetzte die beteiligten Personen in einen kurzen Moment der Schockstarre – die aus dem durchlöcherten Auto herüberwehende Melodie wirkte derart grotesk angesichts der Situation –, aber dieser seltsame Moment des Innehaltens dauerte nicht einmal bis zum Ende des Chansons an.

Christine sah, wie vom Waldrand her eine Leuchtspur einen perfekten Halbkreis über den sternenklaren Himmel zog.

Ein Molotow-Cocktail.

Er landete auf dem Dach des Opels.

Der ging augenblicklich in Flammen auf und sorgte dafür, dass France Gall endgültig verstummte. Sofort richtete Christine sich auf, schoss durch die Flammen und traf den Molotow-Cocktail-Werfer – noch einer in Polizeiuniform –, bevor er in Deckung gehen konnte.

Sie merkte nicht sofort, dass ihre Jacke Feuer gefangen hatte.

Sie zerrte sie sich im Laufen vom Leib und gab weitere Schüsse ab.

Mit ihrem weißen T-Shirt war sie in dieser durch den brennenden Opel hell erleuchteten Szenerie die perfekte Zielscheibe, das war ihr klar. Sie wollte am Haus der Röders in Deckung gehen und von dort aus, gemeinsam mit Elke und Wolfgang, die verbleibenden Angreifer ins Kreuzfeuer nehmen.

Aber Elke und Wolfgang schossen nicht mehr. Entweder sie waren tot oder verletzt, oder sie hatten keine Munition mehr.

Da traf eine erste Kugel Christines Oberschenkel, und sie stürzte unter der Wucht des Aufpralls zu Boden.

Sie hatte das Haus der Röders fast erreicht, gab noch einen Schuss in Richtung Waldrand ab, da schlug ihr eine weitere Kugel die Glock aus der Hand und riss ihr zugleich zwei Finger ab.

Sie fiel auf alle Viere und kotzte.

Nicht wegen ihres Zeigefingers und Mittelfingers, die auf dem Kiesweg lagen.

Eher wegen der Schmerzen.

Sie erbrach kaum etwas, von Krämpfen geschüttelt, ihre Speiseröhre brannte, und ihr ging auf, dass sie nichts mehr gegessen hatte, seitdem sie aus Rouen losgefahren war. Im Magen nur die paar schwarzen Kaffees von den Autobahnraststätten.

Sie konnte nicht mehr.

Von ihrem linken Wangenknochen tropfte Blut.

Von ihrem Schenkel tropfte Blut.

Auf ihrem Arm, der etwas von dem Molotow-Cocktail abbekommen hatte, bildeten sich Brandblasen.

Jeden Moment würde man ihr den Todesstoß versetzen.

Sie empfand eine Mischung aus Gleichgültigkeit und Müdigkeit.

All das dafür.

Terminus Leipzig.

Sie hatte damit gerechnet, es vielleicht sogar insgeheim gehofft, irgendwann irgendwo mit einer Waffe in der Hand zu sterben. Eben darum hatte sie, obwohl der Große Chef sie deswegen immer wieder gerügt hatte, ihr Team bei allen Einsätzen begleitet.

Was hätte sie denn sonst tun sollen?

In ihrer großen, seelenlosen Wohnung im 14. Arrondissement langsam alt werden?

Nochmal die alten Krimis von Manchette lesen, die sie immer so gemocht hatte? Sich auf ihrem riesigen Flachbildschirm die Filme der Nouvelle Vague ansehen und dabei hemmungslos weinen, wie so eine Idiotin bei einer romantischen Komödie?

Schlechten Schaumwein trinken beim Abschied von Kollegen, die in den Ruhestand gingen?

Auf Beerdigungen gehen?

Oder in Bars abhängen, auf der Suche nach einem Mann, um dann am Ende womöglich so tief zu sinken, dass sie einem Studenten, der Geld brauchte, um seinen Studienkredit abzuzahlen, dafür welches gab sie zu vögeln?

Nein, bestimmt nicht ...

Aber sich irgendwo in Sachsen von ein paar Neonazis und ihren Geistesverwandten abknallen zu lassen, während sie doch eigentlich gekommen war, um ihren Vater zu töten, von dessen Existenz sie bis zum Selbstmord ihrer Mutter keine Ahnung gehabt hatte – das konnte auch keine Lösung sein.

Es war absurd.

Absurd und ekelhaft.

Vor ihren Augen begann alles zu verschwimmen.

Mit allerletzter Kraft richtete sie sich auf.

Wenn schon, dann wollte sie aufrecht sterben.

Sie stöhnte. Das Blut lief an ihrem Schenkel hinunter.

Sie schrie in Richtung der Bäume: »Schießt ihr jetzt endlich, ihr verdammten Arschlöcher?«

Keine Reaktion und kein Schuss.

Nur das Geräusch von zwei Motoren, die ansprangen.

Autos, die wegfuhren.

Die selbsternannten Vertreter der Herrenrasse, die Verteidiger des Abendlandes machten die Biege.

Vermutlich dachten sie, dass der Preis, den sie dafür gezahlt hatten, einen alten Terroristen zu erledigen, deutlich zu hoch war. Oder jedenfalls zu viel Zeit kostete.

Sie begann zu lachen.

Sie lachte in die Dunkelheit hinein, dann weinte sie.

Dann war es also doch noch nicht vorbei ...

Fast bedauerte sie es.

Ohne zu überlegen humpelte sie zum Haus der Röders.

Vermutlich weil es am nächsten lag. Sie musste unbedingt ein Erste-Hilfe-Set finden, für ihr Bein und für ihre

Hand. Etwas zum Verbinden. Die Wunde auf ihrem Schenkel blutete nicht allzu stark, es konnte keine Arterienverletzung sein. Sie heulte trotzdem bei jedem Schritt vor Schmerzen auf.

Da fiel ein Schuss.

Ein einziger.

Vielleicht kam er vom Fenster, an dem Wolfgang und Elke postiert waren.

Vielleicht kam er vom Haus der Röders.

Christine vermochte es nicht mehr zu sagen.

In ihrem Kopf breitete sich ein roter Nebel aus, alles verschwamm vor ihren Augen, in ihren Ohren dröhnte es.

Doppelt vorsichtig humpelte sie weiter zum Haus der Röders. Unter größter Anstrengung bewegte sie sich von einem Baumschatten zum nächsten. Sie lehnte sich an einen Baum, um ihren Atem zu beruhigen.

Sie wartete und horchte, ob noch ein Schuss fallen würde.

Irgendetwas stimmte nicht. Die Haustür der Röders war aufgebrochen worden.

Sie drückte sich an die Mauer und tastete mit der linken Hand nach der Beretta Nano im Holster am Knöchel des unverletzten Beins.

Die linke Hand war zwar nicht gerade ideal zum Schießen, aber angesichts des Zustands ihrer rechten Hand, die sie nicht anzusehen wagte, hatte sie keine andere Wahl.

Sie betrat das Haus.

Das Erste, was sie sah, war ein Mann mit durchschnittener Kehle. Sein Blut hatte den Teppich durchtränkt. Eine Lampe lag am Boden.

Sie rief mit schwacher Stimme:

»Jemand da?«

Dann stieg sie in den ersten Stock.

Im Schlafzimmer lag eine weitere Leiche.

Eine Frau.

Ebenfalls mit durchgeschnittener Kehle und diesem Blick, den Christine von zu vielen Mordopfern nur zu gut kannte, eine Mischung aus Überraschung und Panik.

Sie ging in ein angrenzendes, kleines Zimmer.

Zwei weitere Leichen.

Die Kinder. Inmitten von Spielzeug und Malkreiden.

Ein eisiges Grauen erfasste sie.

Elke und Wolfgang waren zu optimistisch gewesen mit ihren Annahmen.

Diese Drecksäcke hatten nicht gezögert, die Röders zu eliminieren, um sich in aller Ruhe Wolfgang vornehmen zu können. Diese Mordmethode, jemandem den Hals durchzuschneiden, wurde gerne angewendet, um eine falsche Fährte zu legen und den Verdacht auf Islamisten zu lenken.

Nur mit ihrem, mit Christines Erscheinen hatten sie nicht gerechnet, das hatten sie nicht eingeplant. Wie auch, schließlich hatte sie vor drei Tagen selbst nicht geahnt, dass sie in diesem Wahnsinn landen würde.

Ansonsten passte alles, es war das übliche Vorgehen einer Todesschwadron, das man von anderen politischen Massakern aus anderen Zeiten und anderen Breitengraden nur allzu gut kannte. Auch die Kaltblütigkeit, mit der sie vorgegangen waren, war die gleiche.

Wie gerne hätte sie in diesem kurzen Moment an Gott geglaubt, sich an ein Gebet erinnert.

Sie betrat das Badezimmer, machte das Licht an.

Das Milchglasfenster ging auf den Kiesweg heraus, die dunkle Silhouette eines Baggers in der Ferne erinnerte an ein riesiges schlafendes Tier.

Als sie ihr Bild im Spiegel des Apothekerschränkchens erblickte, erkannte sie sich kaum wieder: Die aufgeplatzte Wange, die geröteten Augen, das eingefallene Gesicht, das ehemals weiße T-Shirt mit den Blut- und Schlammflecken ...

Die Röders waren vorausschauende Menschen gewesen. Sie fand Verbandszeug, um ihren Schenkel zumindest notdürftig zu verbinden. Die Kugel hatte den Muskel verletzt, aber weder Arterie noch Knochen getroffen. Sie desinfizierte unter Stöhnen die Stelle, bevor sie den Verband herumwickelte. Seltsamerweise machten ihr die beiden fehlenden Finger keine Beschwerden mehr.

Der Zeigefinger fehlte bis zum ersten Fingerglied, der Mittelfinger nur bis zum zweiten.

Sie verband die gesamte Hand.

Sie machte sich keine Illusionen. Der Schmerz würde zurückkommen. Sobald der Schockzustand vorbei war, das würde nicht mehr lange dauern. Daran würde das Paracetamol, das sie im Schränkchen gefunden hatte, auch nicht viel ändern.

Erst als sie sich das Gesicht wusch, sah sie im Spiegel eine blonde junge Frau direkt hinter sich.

Ihre Beretta Nano war zu weit weg, sie lag auf dem Badewannenrand.

»Ich ergebe mich«, sagte die junge Frau und ließ ihre Waffe fallen.

Christine drehte sich um.

Die junge Frau sprach Französisch.

»Ich ergebe mich«, wiederholte die Blonde und hob die Hände.

Sie trug einen schwarzen Kampfanzug, ihre schweißnassen Haare klebten an der Stirn.

»Diese Arschlöcher sind ohne mich abgefahren ...«

Sie war jung, blond und blauäugig, so, wie sich diese Nazis eine Arierin vorstellten. Momentan war sie allerdings den Tränen nahe.

»Du bist Französin?«, fragte Christine, während sie ihre Beretta Nano an sich nahm.

»Ja.«

»Hast du gerade geschossen?«

»Ja.«

»Auf mich?«

»Nein, auf das Haus dieser linken Zecken. Das war meine letzte Patrone.«

»Wie heißt du?«

»Elsa Dore.«

Der Name sagte Christine etwas.

Sie ging im Kopf die Akten ihrer Fälle durch. Der Name Elsa Dore war ihr im Zusammenhang mit der Boulinier-Bewegung untergekommen und Gruppierungen wie der Action Europe Blanche und dem Front Identitaire. Eine polizeibekannte Jurastudentin. Sie war nach einer Demonstration von Identitären verhaftet und in Gewahrsam genommen worden, unter anderem, weil sie an geheimen Schießübungen in einem Wald im Berry teilgenommen hatte. Dort hatten sie auf Zielscheiben geschossen, die Karikaturen von Juden, Muslimen und linken Politikern und Journalisten zeigten. In beiden Fällen hatte ein von den Eltern engagierter Staranwalt, der zugleich für eine ultranationalistische Partei im Europaparlament saß, sie freibekommen.

Ein Mädchen aus guter Familie, diese Elsa Dore.

Einer guten Familie von Rechtsextremisten.

»Und was treibst du hier?«

»Ich ... ich wollte noch mehr tun, wir machen gemeinsame Aktionen zusammen mit den Deutschen. Aber ich hätte nicht gedacht, dass es ... so schrecklich enden würde ...«

»Hast du die Kinder auf dem Gewissen?«

»Nein, ehrlich nicht. Ich wollte das nicht ...«

»Man muss sich zu dem bekennen, was man tut, du Idiotin. Jedenfalls bist du an dieser Sache hier beteiligt, oder? Ein Todeskommando, um einen alten Linken zu töten ...«

Elsa Dore begann zu weinen und fragte zwischen zwei Schluchzern: »Sind Sie etwa Bulle, oder was?«

»Ich weiß es ehrlich gesagt selber nicht mehr so genau.«

Auf Elsa Dores Gesicht waren Anzeichen von Panik zu sehen.

»Verhaften Sie mich jetzt?«

»Deswegen bin ich nicht hier.«

»Aber warum denn sonst?«

Elsa Dores Stimme klang leicht hysterisch.

»Ich bin hier, um meinen Vater zu töten«, antwortete Christine, hob die linke Hand und schoss der jungen Faschistin mit der Beretta in die reinrassige Stirn.

Anschließend humpelte Christine wieder die Treppe herunter und warf im Vorbeigehen einen Blick auf den ausgebrannten Opel.

Dann steuerte sie auf das Haus von Wolfgang Sonne zu.

ACHTES KAPITEL

Das war nicht nötig jetzt. Wirklich nicht.

Die Kugeln flogen ihnen um die Ohren, und diese Frau hielt ihm eine Bullenknarre an den Kopf. Er hatte es ja kapiert. Sie war nicht sauer, sie war auch nicht wütend oder irgendetwas, das man mit Worten gerade noch beschreiben konnte. Er konnte das beurteilen, schließlich wusste er ein bisschen darüber, was man mit Sprache so tun konnte. Es ging weit darüber hinaus.

»Sieh mich nicht so an«, sagte sie.

In uns allen gab es die Bereiche, die weit hinter den Grenzen des Beschreibbaren verborgen lagen. Räume, die man nicht betreten wollte. Nicht absichtlich, aber auch nicht zufällig. Man musste sich nicht mit allem konfrontieren.

Und diese Frau meinte ihn.

»Schau nach unten«, sagte sie. »Und zwar jetzt.«

Diese Frau.

Seine Tochter.

Er tat, was sie wollte und richtete die Augen zu Boden.

Als Elke noch Christine zurief, es sei verrückt, rauszugehen, setzte er sich an die Trennwand zwischen Flur und Küche. Rückzug, wenn er geboten ist. Die beiden Frauen begannen darüber zu verhandeln, was zu tun sei. Elke gab die Vernünftige, Christine die Harte.

Klar wollte Elke ihn schützen. Vor dem Mob da draußen, wer immer sich da auch verbarg. Vor seiner Tochter vielleicht auch.

Ob der kleine Fassbender tatsächlich draußen dabei war? Aber egal, irgendwie hatten sie eben rausgekriegt, wo er lebte.

Christine war das ja auch gelungen. Was sagte sie gerade? Sie will, dass sie auf sie schießen?

Ja, dachte Wolfgang, das war schon verrückt. Aber er hätte es doch genauso getan. Und außerdem musste man ja handeln. Da waren immer schon diese Dinge gewesen, die man weder wegdiskutieren konnte noch wegbeten. Im Lauf der Zeit hatte er ja akzeptiert, dass es Haltungen gab, die Zuhören vor die Aktion setzten. Herrgott, manchmal hatte er ja sogar selbst so argumentiert in dem ganzen Zeug, all diesen Artikeln, die er geschrieben hatte.

Gegen besseres Wissen. Ganz genau. Gegen besseres Wissen.

Jetzt hatten sich die beiden geeinigt. Elke kriegte noch was mit der Halsmuskulatur, so heftig, wie sie Christine zunickte. Er stand auf und linste gebückt aus der Fensteröffnung. Sofort flogen ihm zwei Kugeln um die Ohren.

Elkes Hand zog ihn zuerst vom Fenster weg und dann zur Treppe nach oben. Erst nach den ersten paar Stufen richtete er sich auf und sagte laut »Ah«, weil das Knie so schmerzte und der Rücken auch. Elkes kurzen Schreck konnte er spüren. Er wusste schon, dass sie diesen halben Moment lang gedacht hatte, er sei getroffen. Dabei hatte er ihre Hand nicht losgelassen und auch den Griff nicht verändert.

Eine komische Situation.

So, wie sie war.

Im Grunde genommen.

Zuerst hatte es geheißen A gegen B. Warum hatte Christine diesen weiten Weg nach Leipzig gemacht? Und dann schließen sich A und B gegen C zusammen. Scheiße ... Wer immer auch C war.

Er folgte Elke mit wachsender Pein in den Gelenken. Jetzt ein wenig Marihuana. Aber es würde ihn noch langsamer machen, als er sowieso schon war. Alt werden war schon eine Katastrophe.

Von den beiden Fenstern, die im Schlafzimmer nach vorn rausgingen, war eines zerschossen, das andere hatte er angekippt, bevor sie ins Bett gegangen waren. Elke stellte sich so neben die kaputte Scheibe, dass sie einen Teil der Freifläche und des Waldrandes überblicken konnte.

Wolfgang machte selbst zwei große Schritte, um hinter das zweite Fenster zu kommen und von draußen nicht sichtbar zu sein. Unsinn ganz sicher, denn das Schlafzimmer war dunkel, und von draußen konnte sein Schatten nur von jemandem gesehen werden, der in einem der Bäume saß. Mit dem Zeigefinger fuhr er an den Kanten von äußerem und innerem Rahmen des Fensters entlang, bis er die Kuppe in den Zwischenraum stecken konnte.

Und zögerte. Was man im Alltag nicht wahrnahm, konnte jetzt entscheidend sein. Machte es eigentlich irgendeinen Lärm, das Fenster zu öffnen? Ach, Lärm ... Jedes Geräusch würde auffallen. Er stellte die Ohren auf Empfang. Schritte, weit weg, Waldboden, Nachtvogel, ein Pfiff, leise, menschlich, ein Heli. Da kamen sie. Aber wer waren sie, die nun kamen? Falsch, ohnehin, das Heliknattern entfernte sich.

Langsam zog er das Fenster in seine Richtung. Und atmete lange aus. Es machte überhaupt keinen Laut.

Ein Blick zu Elke, die ihn wohl die ganze Zeit beobachtet hatte. Kurzes Kopfwackeln von ihrer Seite, dann standen sie da und suchten den Waldrand ab nach irgendwas, auf das sie schießen konnten.

Auch falsch. Nicht irgendetwas. Irgendwen. Wer immer da jetzt auch stand, war es wert, beschossen, umgelegt zu werden. Als er Elke ein Mal schießen hörte, wartete er drei Sekunden lang, dann tat er es ihr gleich. Eine Bewegung hatte er nicht gesehen, aber es hatte ja mehr als nur eine Funktion, was sie hier taten.

Wir sind hier.

Wir sind bewaffnet.

Ihr kriegt uns nicht.

***

Elke schoss erneut. Und er ebenso.

Dann ging alles zu schnell für Wolfgangs Gefühl.

Der Schrei war es, der ihn in absoluten Schrecken versetzte. Christine kam aus dem Haus gerannt wie in einem dieser Filme, die er nie zu Ende guckte. Sie drehte sich und ballerte dabei um sich herum. Es wirkte wie in einem Ballett.

Tang machte es. Und noch einmal Tang.

Und noch einmal. Tang.

Klangen die modernen Waffen heute so anders als früher? Oder waren das die Frequenzen, die wahrzunehmen ihm seine Ohren gerade noch erlaubten? Im Wald wurde gebrüllt und gerannt. Und dann geschossen.

Christine robbte zum Opel, während er versuchte, ein Ziel zwischen den Bäumen auszumachen. Er schoss, hörte Elke genauso. Sie waren limitiert mit ihren Eisen. Pistolen aus einer brasilianischen Quelle, irgendwie zu ihnen gekommen über irgendwen, der irgendwen kannte. Beide hatten sie nicht mehr als sieben Schuss. Und sie näherten sich dem Ende ihrer Kapazitäten.

Aus dem Wald heraus nahmen sie jetzt den Wagen unter Feuer. Katackatack machte es, während sich Christine hinter den Motor hockte, um den Kugeln zu entgehen. Was hatte sie vorgehabt? Das war wie eine Anleitung zum

Selbstmord gewesen. Ich geh da raus, um mir anzusehen, wer schießt.

Noch ein Schuss in den Wald. Da mussten gar nicht mehr so viele von denen stehen.

Noch einer. Auch von Elke wieder.

Kurz wurde es ruhiger, dann lehnte sich seine Tochter über die Motorhaube und feuerte. Sah sie etwas? Irgendwen? Es gab einen Schrei aus dem Wald. Wolfgang nahm eine Bewegung zwischen den Bäumen wahr und schoss einmal.

Zwei blieben ihm noch. Dann war es das von seiner Seite. Er zielte ohne zu zielen und schoss. Da irgendwo mussten sie stehen. Und noch einmal.

Am Rand seiner Wahrnehmung: Elke kniet sich hin. Die Bewegung ist flüssig. Sie ist nicht getroffen. Zum Glück. Elke schießt.

Jetzt spielt der Wagen verrückt. Irgendein Franzosenkram beginnt zu dudeln. Das Autoradio. Er kennt das sogar. Frauenstimme. Nett.

Wie will Christine das überleben? Der Beschuss hat aufgehört. Aber sie sind ja noch da. Und Christine hockt hinter diesem Kleinwagen.

Das Lied läuft weiter.

Im Wald ein Schein.

Ein Schweif über der Lichtung. Dann das Platzen. Ein Mollie landet auf dem Wagen. Sofort bildet sich eine Feuerschicht rund um das Blech. Was haben die vor?

Christine fängt auch Feuer. Sie springt aus ihrer Jacke und rennt ins Dunkel. Rüber zu den Röders, an die er schon zu lange nicht mehr gedacht hat.

Jetzt ist sie schon nicht mehr zu sehen. Kugeln aus dem Wald. Einzeln. Gezielt. Das kann Christines Ende sein.

***

Er sah zu Elke hinüber. Ihre Blicke trafen sich im Dunkeln.

»Sie haben sie erwischt«, sagte sie.

War das ein Röcheln da draußen? Kam das von seiner Tochter?

»Was machen wir?«, fragte Elke. »Meins ist leer.«

»Hier auch«, sagte Wolfgang.

Ein Motor wurde gestartet. Noch einer.

»Es ist vorbei.« Elke erhob sich.

Wolfgang schüttelte den Kopf und merkte zu spät, dass das die falsche Reaktion war. Es war nicht vorbei. So etwas ist nie vorbei. Er wusste nicht einmal, was vor sich ging. Aber er wusste, dass die Zerstörungskraft von draußen nicht einfach aufhörte. Wenn irgendwer jetzt mit dem Wagen wegfuhr, dann um Nachschub zu holen. Oder Verstärkung. Oder Bier zum Feiern. Oder sie transportierten jemanden zum Krankenhaus. Nein, das nicht. Von hier aus geht keiner ins Krankenhaus. Ein Arzt. Die haben Ärzte. Natürlich haben sie Ärzte, dachte er. Ein Bullendoc möglicherweise. Und dachte wieder, dass das Kopfschütteln nicht ausreichte, und schüttelte ihn weiter und suchte nach dem einen Wort und sagte dann: »Nein.«

Er kam nicht mehr dazu, tatsächlich auszusprechen, dass nicht alles vorbei war. Elke hatte sich gerade aufgerichtet, als sie getroffen wurde. Und Wolfgang wusste, dass sie nicht mehr lebte, noch bevor sie auf dem Boden aufschlug. Es war diese doppelte Wirkung, die er sah und immer noch nur zuschaute, anstatt etwas zu tun. Aber jetzt gab es auch gar nichts mehr zu tun. Der doppelte Effekt. Der Treffer im Kopf. Das Blut, das mehr schwarz als rot war. Der Stoß nach hinten, ins Innere des Zimmers hinein. Zugleich der Verlust alles Lebendigen. Die Aufgabe des Aufrechten. Das Zusammensacken. Der Leib konnte schon nicht mehr entscheiden, ob er in sich zusammenfallen oder nach hinten wegschleudern wollte. Am Ende tat er beides zugleich und nichts davon. Elke war nur noch ihre eigene Hülle, als sie mit einem Wupp auf dem Teppich aufschlug.

Und er schüttelte immer noch den Kopf. Und ging in die Knie. Und legte sein Gesicht an ihres. Und fühlte dann doch den Puls und fühlte ihn eben nicht. Und war allein in der Welt. Die ganz ruhig geworden war.

Da war etwas.

Draußen.

Er hörte, aber konnte nicht hinhören. Nahm Elke in die Arme, hob sie vorsichtig an, drückte sie an sich. Versuchte, Leben in ihr zu spüren, das nicht da war. Und legte sie wieder ab.

Dann krabbelte er so weit zur Treppe, dass er nicht mehr durch einen Schuss getroffen werden konnte und erhob sich. Wunderte sich über den Schmerz im Knie, der eben noch verloren war in einem anderen Schmerz. Entdeckte ein Stechen in der Hüfte, eine Taubheit in beiden Füßen und stützte sich kurz an die Wand neben der Treppe.

Im Kopf sortierten sich die Dinge nur mit Mühe. Taubheit auch dort. Kein Leben mehr in ihm. Nicht in den Beinen, nicht im Schwanz, nicht im Kopf.

Diese Verrückte da draußen hatte das Unglück über sie gebracht.

Falsch.

Diese Verrückte da draußen ... Diese Verrückte da draußen hatte ihnen das Leben gerettet. Vorläufig. Und sie war seine Tochter.

Wenn sie zurückkamen, waren sie verloren. Sie würden vernichtet werden. War Christine überhaupt noch am Leben?

Erneut musste er sich an die Wand lehnen. Es war diese Strychnin-Situation. Oder war es Zyankali? In der Hand der Feinde bestimmst du den Zeitpunkt deines Todes selbst, ganz allein und nur du. Die Kapsel zwischen den

Zähnen. Allerdings hatte er so etwas nicht. Sie würden ihren Spaß mit ihm haben, dachte er, als er diese Waffe in der Tür sah. Sie steckte noch halb in der Hand eines Mannes, der seinem Blick verborgen draußen vor dem Haus lag. Das muss der gewesen sein, den Christine erledigt hatte, als sie schreiend hinausgelaufen war.

Wolfgang setzte sich auf eine Stufe und bewegte sich langsam hinab. Die Füße eins runter, dann den Rumpf. Die Füße, den Rumpf. Als er die Füße auf dem Boden des Erdgeschosses hatte, duckte er sich zur Seite und kam kriechend an der Haustür an. Er nahm das Eisen aus der Hand des Toten und erkannte erst jetzt, dass der Arm dahinter einem uniformierten Bullen gehörte. So eine Scheiße. Was ganz Modernes. Er kannte sich nicht mehr aus mit den Dingern. Heckler und Koch sicher. Mindestens fünfzehn Schuss. Er bewegte sich weiter in die Tür hinein. Wie ein Insekt. Da war noch einer auf der anderen Seite der Tür. So tot wie der Bulle. T-Shirt und Jeans, zu wenig für die Jahreszeit. Er hatte die gleiche Waffe gehabt wie der Uniformierte. Wolfgang nahm auch sie an sich.

Nach vorne sollte er schauen. Zum Wald. Über den hinweg, den Christine gleich zu Beginn der Attacke erledigt hatte. Aber er konnte den Kopf nicht aus der Seitenlage heraus bewegen. Drehen ging gerade noch, aber Erheben und Strecken in der Bauchlage, no way. Wenn sie ihn jetzt mit einem gezielten Schuss erledigten, dann war das eben so.

Also drehte er den Kopf erneut und fand sich neben dem toten Gesicht des jungen Fassbender. Nicht dass in diesen Augen, von denen eines jetzt fehlte, jemals Leben gewesen wäre. Der Junge hatte immer noch ein bisschen einfältiger gewirkt als sein Alter. Und ihm jetzt so nah zu sein, Nase an Nase beinah, so wie er den Jungen sah, wurde Wolfgang übel. Er schluckte mehrere Male und zog sich dann langsam wieder zurück. In jeder Hand eine moderne

Feuerwaffe, riss er sich die Handrücken auf, mit denen er sich nach hinten drückte.

Im Haus angekommen, brauchte er drei Minuten, um aufzustehen.

Mindestens.

Jetzt war er bewaffnet wie die Rote Armee beim Marsch auf Berlin. Nur, was konnte er anfangen mit der ganzen Kraft?

***

Die Sinne. Was siehst du?

Wolfgang lehnte am Türrahmen und blickte über die Lichtung, die vom brennenden Wagen illuminiert wurde. Damit hatten sie sich in den Fuß geschossen. Bildlich gesprochen. Der Waldrand war so gut zu erkennen wie sonst nur tagsüber. Und jeden Versuch, die Lichtung zu queren, würde er mit heftigem Feuer beantworten.

Die da drüben wussten, dass die beiden toten Penner ihre Waffen zur gegnerischen Seite getragen hatten.

Die Sinne. Was hörst du?

Den brennenden Wagen. Das lodernde Feuer, das langsam schwächer wurde. Irgendwas im Wald? Er vermochte es nicht herauszufiltern. War da ein Motorgeräusch? Kamen sie wieder? Halluzinierte er? Hörte er das gedimmte Geräusch eines Schusses?

Er konnte das mit der Wahrnehmung auch einfach jetzt beenden. Scheiß auf Kapseln und Zeug. Sowieso. Wer wollte sterben wie Göring? Der hatte sich doch so vor der verdienten Hinrichtung gedrückt. Wolfgang hielt sich die beiden Eisen an die Schläfen. Wenn es zu Ende war, dann war es eben zu Ende. Allerdings, dachte er, konnte er von denen da draußen schon noch ein paar mitnehmen.

Was war das? Das Keuchen und Schleifen kam aus der Richtung, in der das Röder-Haus stand. Eine weitere Sekunde verging, und Christine drängte ihn aus dem Türrahmen in den Flur. Sie röchelte untot und sah aus, als hätte sie in Blut gebadet.

»Alles okay«, sagte sie und nahm Wolfgangs Position am Türrahmen ein. Eine Weile verging, während sie Mühe hatte, aufrecht stehen zu bleiben. Er konnte es ihrem dürren Leib ansehen. Dann drehte sie sich um und lehnte sich mit dem Rücken an die Außenwand.

»*Ta femme*?«

Wolfgang reckte den Kopf nach oben und sah dann auf seine Füße.

»Scheiße«, sagte sie auf Deutsch, wobei sie das harte S ganz weich aussprach. Scheise.

»Was machen wir?«

Wolfgang zeigte ihr die Waffen.

Christine schloss die Augen und atmete tief ein. Aus. Ein. Aus.

Er betrachtete sie. Eine Hand blutig und verstümmelt. Beide Hosenbeine satt vor Blut. Verschürft. Verbrannt. Angeschossen.

Aber am Leben.

Sie öffnete die Augen. »Kannst du rennen?«, fragte sie.

»Mach keine Witze.«

Ganz deutlich war das Bremsen eines Autos zu hören. Gut motorisiert. Türen klappten zu.

»Ich will da raus und sie töten.«

»Nicht da raus.« Er zeigte auf die Lichtung.

»Ihr wart doch früher auch nicht so. Oder?«

Was wusste sie schon von früher? Wie alt war sie? Eben.

Außerdem hatte er das alles überlebt. Dieses ganze Früher. Das hatte auch seine Gründe. Darüber musste man jetzt nicht diskutieren.

»Nicht da raus«, wiederholte er. Er wollte die Schweine kriegen, aber er wollte sich ihnen nicht opfern.

Was hinterher war ...

Hinterher war egal. Er drückte Christine eine der beiden Waffen in die Hand und zog sie zur Hintertür. Als sie das Haus verlassen hatten, blickten sie einander in die Augen. Es dauerte eine sehr, sehr lange Sekunde.

Zur gleichen Zeit überprüften sie die Sicherungshebel ihrer Waffen und gingen dann hinter dem Fassbender-Haus entlang, die Birken zu ihrer linken Seite. Kurz blieben sie stehen. Christine zeigte über die Lichtung. Wolfgang zog sie weiter.

Er wollte die Lichtung so weit weg wie möglich vom brennenden Wagen überqueren. Weil sie dort hinten immer schmaler wurde, dachte er sogar daran, um sie herumzulaufen und die Angreifer von hinten zu überraschen. Er sammelte sich und formulierte seine Idee in improvisiertem Französisch.

Christine hörte zu und blickte dabei über die Lichtung hinweg. Im Restschein des brennenden Autos war ihre Sehnsucht klar zu erkennen. Rüberrennen und kurzen Prozess machen. Doch unvermittelt änderte sich ihre Körperhaltung. Sie richtete sich auf und wurde gleich ein paar Zentimeter größer. Dann legte sie ihm die Hand auf die Schulter und zeigte in die Richtung, in die er sich bewegen sollte.

Kurz zuckte er mit den Schultern. Aber dann hörte er es auch. Schritte auf dem Waldboden, und sie waren ganz sicher mehr als sie beide hier. Ein Greis und eine Kriegsversehrte.

Christine drängte ihn in die Birken. Keine gute Idee. Bäume, die man mit zwei Händen umfassen konnte und vor deren weißer Rinde sie selbst in der Nacht auffallen würden.

Gerade in der Nacht. Aber eine bessere Idee hatte er auch nicht. Wenn sie Glück hatten, dann hatte diese Gruppe sie noch nicht gehört. Mehr Füße als ihre vier produzierten konstant Geräusch. Sie mussten sich also auf ihre Augen verlassen. Hoffentlich, dachte Wolfgang, waren sie von den Angreifern noch nicht gesehen worden.

Da kamen sie näher. Langsamen Schrittes. Eins, zwei, drei, vier, fünf zählte er.

Seine Tochter stand besser verborgen hinter der Birke als er. Sie hatte ihre Waffe mit der linken Hand nach oben gerichtet und blickte kurz zu ihm herüber. Jaja, sie gab jetzt die Kommandos. So viel hatte er kapiert. Und ihre Absprache war nicht dumm. Es war ihre Idee, und sie musste hinhauen, sonst waren sie verloren.

Die fünf hatten sie fast erreicht. Wolfgang sah vier Zivilisten und einen Bullen. Der Bulle trug nur das Hemd und die Hose seiner Uniform, wie gerade aus der Wache abgeholt. Die anderen hatten alle nicht mehr als T-Shirts und Jeans am Leib, einer kam mit Tarnfleckhose. Die Bewegungen der Männer waren elastisch, ihre Körper waren jung und bärenstark.

Na gut, eine Frage der Perspektive.

Die Männer hatten noch wenige Meter, bevor sie sie erreicht hatten. Und blieben stehen.

Er wäre jetzt vorgetreten und hätte das Feuer eröffnet. Aber Christine hatte einen anderen Plan. Also verhielt er sich ganz ruhig.

»Bis hinter das Haus«, sagte einer. Helle Stimme, kein Akzent, nicht entfernt sächsisch. Der redete, war nicht der Polizist. »Du gehst rechts, du und du, ihr links, er und ich, wir entern durch die Hintertür.«

Klare Kommandostrukturen. Da wurde nicht diskutiert oder abgestimmt. Das war kein Plenum.

»Noch Fragen?« Leises Murmeln als Antwort. Es gab keine, und niemand blickte zur Seite, um Christine oder ihn wahrzunehmen. Sie zogen weiter. Wolfgang konnte sein Herz knapp unter dem Kinn schlagen hören. Er würde einen Infarkt haben, bevor er diese moderne Pistole benutzen konnte.

Fast hätte er Christine übersehen, die begonnen hatte, sich zu bewegen. Füße möglichst am Boden lassen, hatte sie gesagt. Er hatte ein Lachen unterdrückt, als er sie flüsternd gehört hatte. Sie war ja noch ein Mädchen, und trainiert war sie obendrein. Aber er machte es ihr nach, so gut es ging, drehte den Oberkörper auf der Hüfte.

Sie ließen die fünf noch ein paar Meter laufen, dann fingen sie an zu schießen. Wolfgang erfüllte seinen Plan. Die drei, die sich am nächsten zu ihnen befanden in dem Moment, in dem Christine den ersten Schuss abgab, das waren seine Ziele. Schieß dahin, wo sie am breitesten sind. Er hatte aktiv übersetzen müssen, um sie zu verstehen. Und er schoss, was das Zeug hielt.

Er hatte auch kurz überlegen müssen, warum er auf drei Leute der fünfköpfigen Gruppe halten sollte. Doch es war ihm schnell klar gewesen, dass Christine genauso vorgehen würde. Wenn sie die drei erledigte, die am weitesten von ihnen entfernt waren, übersahen sie niemanden, der sich umdrehen und zurückschießen konnte.

So kam es auch. Es dauerte nur Sekunden. Dann lagen die Männer am Boden. Seine Tochter sprang zur Gruppe hinüber und schoss zur Sicherheit jedem noch einmal in den Kopf. Und brach neben ihnen zusammen.

Wolfgang war unfähig, sich zu bewegen. Er klammerte sich an der Birke fest. Lass es zu Ende sein. Verdammt, der Gedanke war viel zu nah am Stoßgebet. Wenn es zu Ende gehen sollte, dann musste er das schon selbst erledigen. Aber Sinn machte das hier nicht mehr. Auf gar keinen Fall ohne Elke.

Christines Weinen traf ihn unvorbereitet. Er löste sich vom Baum und humpelte zu ihr hinüber. Sie lag auf der

Seite und wimmerte vor Schmerz. Oder vor Entsetzen. Er wusste es nicht.

Da lag sein weinendes Kind vor ihm und er fiel neben ihr auf die Knie.

»Wir müssen hier weg«, sagte sie, als das Martinshorn von fern auftauchte.

»Wo sollen wir hin?«

»Weg.«

»Und dann?«

»Du kommst mit mir.«

»Wohin?«

»Nach Frankreich.«

»Und dann?«

»Dann werden wir schon weitersehen«, sagte sie tonlos.

»Willst du den Wagen der Röders nehmen?«

»Zu gefährlich.«

»Was ist mit ihnen?«

Christine machte eine matte Bewegung. Aber der Zeigefinger fuhr klar quer über den Hals.

»Alle?«

»Oui.«

»Das hängen sie uns an.«

»Deshalb müssen wir weg.«

»Sie hängen uns alles an.«

»Deshalb ...«

»Jaja, deshalb müssen wir weg.«

Sie stand unter Mühen auf. Dann reichte sie Wolfgang die Hand. Er ließ sich ziehen und folgte ihr.

Ein zweites Martinshorn. Näher. »Sie kriegen uns«, sagte er.

»Non. Ich habe einen Plan.«

Wolfgang glaubte ihr.

Sie war wirklich seine Tochter.